Melanie Blaack

Im Rausch der Freiheit

7. Kriminalgeschichte

IMPRESSUM

Cover-Bild: Mellis cover design

Klappentext:

Etwas harmlos klingt der Einsatz, zu dem die Kriminalhauptkommissare gerufen werden. Ein Mann steht auf der Brücke und droht, hinunter in den Kanal zu springen. Doch, was steckt wirklich dahinter? Können die Beamten ein Unglück verhindern?

Diesen Kriminalroman möchte ich meinem von uns gegangenen Vater widmen.

Peter Robert Blaack

24.02.1941 – 10.11.2005

Kapitel 1

Julia drehte den Schlüssel im Türschloss um. Es war morgens zehn vor sechs, als sie die kleine Bäckerei an der Ecke des Bahnhofes öffnete. Sie arbeitete seit zwei Jahren hier und es gefiel ihr. Die Kollegen und auch die Kunden waren sehr freundlich in der Kleinstadt Mölln. Sie öffnete, wenn sie Frühschicht hatte, immer überpünktlich den Laden, denn sie wusste, das an den Werktagen, so wie heute am Mittwoch, viele Berufstätige kamen und es meist eilig hatten. Sie begab sich hinter den Tresen und richtete noch einmal ihre Schürze, sowie ihre Frisur. Denn gutes Aussehen verlangte ihr Chef von den Mitarbeitern. Doch Julia tat es auch aus einem anderen Grund. Sie war Mitte Dreißig und schon seit drei Jahren Single. Ihr damaliger Freund zog wegen der Arbeit in eine andere Stadt und lernte dort eine neue Frau kennen. Sie hatte es nicht nötig, auf ihn zu warten und kam auch recht schnell über den Verlust hinweg. Es gab noch mehr junge Männer und einer kam in den letzten Wochen immer morgens hier herein und er sah verdammt gut aus. Innerlich hatte sie sich schon sehr in ihn verguckt, doch äußerlich war es so beklemmend. Eigentlich war sie nicht schüchtern, doch er hatte so eine charmante Art, die ihr die Luft zum Atmen nahm. Er war morgens einer der ersten Kunden im Laden. Immer sehr speziell in schwarz gekleidet. Eigentlich stand sie nicht auf Männer in knöchellangen, schwarzem Trenchcoat, doch hatte es zusammen mit seinen schwarzen Boots und seiner schlanken Figur etwas, was Julia zusagte. Seine hellbraunen, mittellangen Haare standen meist wild umher, was ihr den Ausdruck gab, das er die Nacht durchgemacht hatte. Doch er war immer gut gelaunt und höflich zu ihr. Vor allem, wenn sie ihm noch einen schönen Tag wünschte, wollte sie ihn gerne noch etwas fragen. Nur war ihr Kopf in dem Moment leer und ihr fielen keine Worte ein. Auch er wünschte ihr einen guten Tag und drehte sich mit einem unwiderstehlichen Lächeln, um den Laden zu verlassen. Tief atmete Julia dann immer durch, als sie auf sein hinteres Profil schaute.

Die Türglocke riss sie aus ihren Träumen. Ein Blick in den Spiegel verriet ihr, dass er es war.

„Ich bin gleich für Sie da", murmelte sie nervös und wusch sich noch schnell die Hände. Ihr Herz klopfte gegen ihre Brust und fast vergaß sie, den Knopf für das Wasser abzustellen. Ein letzter Blick in den Spiegel verriet ihr, dass ihre Wangen rot anliefen. Würde er es bemerken? Mit einigen Papierhandtüchern in den Händen, drehte sie sich zu ihm um und trocknete sich die Hände ab.

„Tut mir leid. Ich ... ähm ... ich", stammelte sie.

„Kein Problem“, lächelte er und raubte ihr mit seinen grünen Augen die letzte Luft im Raum. Einen Moment schauten sich beide nur an. Bis er die Stille unterbrach.

„Ich glaube, ich muss mich entschuldigen. Immerhin haben wir es noch nicht sechs Uhr und somit haben Sie noch nicht geöffnet.“

Julia schüttelte leicht mit dem Kopf. „Ähm, nein ... kein Problem. Ich ... Ich weiß ja, dass ... Sie meist sehr pünktlich kommen.“ Sie legte ihren Kopf schief und bewegte sich nicht weiter. Sie sah ihn verträumt an und beobachtete jede Bewegung von ihm. Seine Hände vergrub er in seinen Hosentaschen.

„Also“, begann er plötzlich, „Ich hätte dann gerne ...“

„Oh ja, entschuldigen Sie. Wie immer?“, unterbrach Julia ihn. Es war ihr peinlich, dass sie ihn nur so angestarrt hatte. Wie lange, wusste sie nicht. Eilig begab sie sich zum Kaffeeautomaten und nahm schon einen dieser Pappbecher in die Hand.

„Ja, das schon, aber heute zwei Cappuccino und zwei Croissants, bitte.“ Sie wunderte sich. Hatte er etwa eine Freundin? Enttäuscht schaute sie ihn an, während das Kaffeegetränk in den Becher lief.

Wohl zu eindeutig für ihn, denn er legte den Kopf schief und erklärte schnell. „Für meinen Partner. Der holt mich gleich ab. Ähm, ich meine, mein Kollege holt mich gleich zur Arbeit ab. Nicht das Sie denken…" er wedelte unschuldig mit den Händen. Nun war ihm diese Situation peinlich und er kratzte sich verlegen am Hinterkopf.

„Ach so. Entschuldigen Sie." Sie lächelte nervös und packte zwei Croissants in eine Papiertüte.

„Jetzt ist es aber genug der ganzen Entschuldigungen", grinste er und blinzelte mit einem Auge.

Sie legte die Tüte mit den Croissants auf den Tresen und auch den ersten Becher überreichte sie dem Kunden. „Ja, entschuldi… oh … ähm." Sie lachte schüchtern und wendete sich von ihm ab. Der zweite Becher wurde gefüllt und sie tippte die Artikel in die Kasse ein. „Das macht dann …", sie traute sich nicht, ihm in die Augen zu sehen, „7,98 Euro."

Er überreichte ihr einen zehn Euro Schein. „Stimmt so", nickte der attraktive Mann und nahm die Tüte entgegen.

„Danke schön", antwortete sie ihm. Den ersten Becher hielt er in seiner Hand. Einen Augenblick dachte Julia, dass er jetzt etwas zu ihr sagen würde. Denn er wartete noch auf etwas.

„Kann ich noch etwas für Sie tun?", fragte sie, als er sich noch nicht umdrehte. Wollte er jetzt den ersten

Schritt machen und sie noch etwas fragen? Nervös blickte sie an sich herunter. Nach ihrem Namen könnte er sie ja fragen. Sie wartete drauf, auch, da sie nicht mal seinen Namen kannte.

„Ja, der zweite Kaffee", grinste Ethan weiter. Er wusste schon seit längerem, das die junge Frau auf ihn stand. Aber er hatte zurzeit noch keine Zeit für eine Freundin. Denn er war erst vor kurzem hierher umgezogen und hatte dank der langen Arbeitszeiten, noch keine Zeit gefunden, sich richtig einzurichten. Viele Kartons standen noch wild in der Wohnung herum und auch in der Küche gab es noch nicht viel, womit man eine Freundin beeindrucken konnte. Er nahm den zweiten Becher entgegen, bedankte sich und wünschte einen schönen Tag. Irgendwann wollte er sie mal ansprechen, wenn die Zeit gekommen war. Doch nun musste er sich beeilen, da sein Partner Nick Harvey immer sehr pünktlich vor der Tür stand.

Er ging mit flotten Schritten die Brauerstraße hoch und entdeckte auch gleich den Dienstwagen seines Kollegen. Einen Kaffeebecher stellte er auf der Motorhaube ab, um die Beifahrertür zu öffnen.

„Guten Morgen Partner", begrüßte er Nick und reichte ihm den Becher in seiner Hand entgegen. Anschließend nahm er sich den Becher von der Haube des Dienstwagens.

„Guten Morgen. Oh danke. Wie komme ich zu der Ehre?“, wollte sein Partner wissen, als Ethan sich auf den Beifahrersitz fallen ließ und die Tüte auf das Armaturenbrett legte.

„Das kann ich dir sagen Partner. Du hast mir gestern den Arsch gerettet und in der Tüte ist noch ein Croissant für dich, da du mich heute abholst“, erklärte Ethan und wollte sich gerade ein Gebäck aus der Tüte holen. Nick riss ihm die Tüte aus der Hand und schloss diese wieder. „Nicht in meinem Dienstwagen. Hab ihn gestern Abend gerade erst ausgesaugt.“

„Nick, ich muss morgens irgendwas essen. Sonst kann ich nicht arbeiten“, protestierte Ethan dagegen.

„Du brauchst doch nicht arbeiten. Ich fahre und du schaust aus dem Fenster“, beschloss Nick und fuhr los. Die Hoffnung lag auf einer ruhigen morgendlichen Schicht. Ethan warf seinen Kopf gegen die Kopfstütze. „Du weißt schon, dass ich morgens meine Kalorien brauche, um wach zu werden?“ Nick grinste und trank einen Schluck Kaffee aus dem Becher. „Dann trinke mal deinen Kaffee. Da sind genug Kalorien drin. Ich frühstücke immer zu Hause, mit Silke.“

„Sicher, aber meine Wohnung ist noch das reinste Chaos. Ich hänge ja dauernd mit dir ab. Da schaffe ich nicht viel einzuräumen.“ Nick setzte den Blinker und wartete an der Ampel, um in die Innenstadt zu fahren.

„Dann müssen wir halt nach Feierabend bei dir aufräumen", bestimmte der Fahrer.

„Einräumen, Nick. Aufgeräumt ist es doch eigentlich." Ethan verdrehte leicht die Augen, als er dies sagte.

„Bei dir ist es alles andere als aufgeräumt. Das werden wir die Tage mal in Angriff nehmen. Als ich so jung war wie du und alleine lebte, bin ich nicht eher ins Bett, bevor nicht alles fertig war. Und wenn es die ganze Nacht gedauert hat."

Ethan trank aus seinem Becher und schaute nur aus dem Fenster. Stille trat ein und Nick wurde es zu ruhig im Wagen.

„An was denkst du?", wollte er von seinem Partner wissen.

„An nichts. Ich schaue aus dem Fenster, wie du sagtest und versuche wach zu werden."

„Und?"

„Klappt nicht", wiegelte Ethan gelangweilt ab und stützte seinen Kopf mit der Hand ab.

„Was?" Nick verstand nicht.

„Hä", fragte Ethan nach und drehte den Kopf zu Nick.

„Was klappt nicht?“ Nick machte eine Geste mit der Hand, um seinen Partner aufzufordern, mit der Sprache herauszurücken.

„Na, ich werde nicht wach“, betonte Ethan nur.

„Nein“, schüttelte Nick den Kopf, „Ich meine, an was du denkst?“

Kurz stutzte Ethan, bevor er erklärte. „Nick, ich denke an nichts. Ich versuche nur wach zu werden. Verstehst du jetzt?“

„Du musst doch an irgendetwas denken?“, ritt Nick weiter auf ihm herum. Sein Partner stieß Luft aus und wollte gerade antworten, als sie von einem Funkspruch unterbrochen wurden. Ethan nahm das Mikro in die Hand und antwortete: „Ja Heinrich.“

„Wie ist euer Standort?“ Heinrich versuchte akribisch darauf in Hochdeutsch mit den Kollegen zu sprechen. Er wusste, das sie sein Platt eh nicht verstanden.

„Wir befinden uns auf dem Weg zur Wache.“ Ethan schnippte mit einem Auge zum Fahrer, denn sie waren nur einen Katzensprung vom Revier entfernt.

„Sehr gut. Dann könnt ihr mal umdrehen und auf die B207 fahren. Uns wurde gemeldet, dass dort eine Person auf Höhe Kanalbrücke steht.“ Die Kommissare schauten sich nur an.

Nick nahm das Mikro aus Ethans Hand und fragte nach: „Was soll an einer Person auf der Brücke ungewöhnlich sein?“ Einen Moment herrschte Stille.

„Uns hat jetzt schon der siebte Anrufer erreicht, in den letzten Stunden. Schaut doch einfach mal nach“, bat die Zentrale. Nick atmete kurz durch und antwortete: „Ja, ist okay.“

„Na klasse“, meckerte Nick und warf Ethan das Mikro entgegen. Dieser steckte es wieder weg und schaltete das Blaulicht ein. Während Nick sich durch die enge Straße der Innenstadt schlängelte, gab Ethan die Antwort auf die offen stehende Frage.

„Ich denke gerade, dass es gut war, noch nichts gegessen zu haben.“

„Das kann ich verstehen.“

„Wenn der springt, brauche ich heute auch nichts mehr zu essen. Was ist das für eine Brücke?“, fragte Ethan, der das Gebiet noch nicht so gut kannte.

„Der Elbe – Lübeck – Kanal führt unter der Bundesstraße entlang.“

„Dann wird es ne ganz schöne Suche geben, wenn er springt.“

„Ich denke nicht, das er springt“, antwortete Nick und lenkte seinen Wagen durch eine Dreißiger Zone mit dem Blaulicht in der Mittelkonsole, hinter der Frontscheibe.

Kapitel 2

Leonard Steiner lehnte am Geländer an der Bundesstraße. Er starrte auf seine Hände vor ihm. Immer wieder schaute er sich den Inhalt seiner Handflächen an. Jedes Mal kamen ihm neue Tränen auf, als er die Kette ansah. Tiefe Trauer saß in seinem Herzen, die einfach nicht verschwinden wollte. Er seufzte und beobachtete das fließende Wasser unter sich. Warum? Wieso musste es passieren? Das fragte er sich wieder und wieder. Wie lange er hier schon stand, wusste er nicht. Immer wieder schaute er in den Himmel und dachte an die gemeinsame Zeit, die sie zusammen hatten. Wieder öffnete er seine Hände und schaute auf das Amulett in der Form eines Herzens. Er machte es auf und sah das Foto an. Er und seine wunderschöne Freundin. Ihre blonden langen Haare und dieses liebevolle Gesicht, brachten die alten Erinnerungen hervor. Bei einem Abendessen lernten sie sich kennen. Der erste Kuss bereitete ihm ein Knistern im Herzen. Ihre Lippen waren so weich und zart. Als wären sie aus Butter. Es war die Liebe seines Lebens, das war ihm sofort klar, als er sie an der Bushaltestelle stehen sah. Charmant sprach er sie im Bus an und bot ihr seinen Platz an. Sie bedankte sich freundlich und dann trafen sich ihre Blicke das erste Mal. Sofort hatte sie ihn in seinen Bann gezogen und er konnte nichts anderes tun, als sie zum Essen einzuladen. Sie schien ebenfalls in einem Bann gefangen worden zu sein, denn sie ging auf seine Einladung ein. Sie verliebten sich und Leonard dachte die erste Zeit an einen Traum. Wie konnte so eine hübsche Frau sich in ihn verlieben. Einfach so. Er war nur ein normaler Bürger mit normalem Einkommen. Nichts, das einer Frau beeindrucken konnte. Er schloss das Amulett wieder und betrachtete die Rückseite. Ein Datum war dort eingraviert und er strich mit dem Daumen sachte hinüber. Es waren die Daten, als sie gemeinsam in dem Bus fuhren und sich zum ersten Male sahen. Doch hatte das Schicksal es anders bestimmt mit dem Liebespaar. Er schloss die Hand um die Kette und ballte sie zu einer Faust. Wut machte sich breit und er schrie es hinaus. Sein Körper zitterte und ging über in einen Weinkrampf.

Nick hielt seinen Dienstwagen am Anfang der Brücke. Er schaltete die Warnblinker ein und auch die im Heck befindliche LED Anzeige leuchtete das Wort „Polizei“ auf. Die Kommissare stiegen beide auf der Beifahrerseite aus. Noch im Wagen schnappten sie sich ihre Warnwesten, um gefahrlos zu dem Mann zu kommen. Dieser trug eine helle Jeansjacke und eine dunkle Hose. Nick schätzte ihn so auf Mitte dreißig.

„Hey. Hallo“, rief Nick hinüber, als sie in Hörweite waren, „Ich bin von der Polizei.“ Einen Moment wartete er ab, doch der Mann reagierte nicht. Sein geschultes

Auge nahm wahr, das die Person weinte und ihre Umgebung nicht registrierte. Nick schickte Ethan auf die andere Seite der Brücke.

„Aber geh nicht dichter an ihn ran. Hörst du?“, flüsterte der ältere Kommissar und winkte mit seiner Hand, das Ethan einen weiten Bogen um den verzweifelten Mann machen sollte. Ethan verstand und schaute nach dem Verkehr. Viele Fahrzeuge waren gerade nicht auf der Bahn und der junge Kommissar fand schnell eine Lücke, um auf die andere Fahrbahnseite zu kommen.

Nick hingegen ging langsam weiter auf den Mann zu und sprach ihn erneut an.

„Hallo. Hören Sie mich? Ich bin Niklas Harvey von der Polizei.“ Diesmal reagierte der Unbekannte und drehte seinen Kopf zum Kommissar. Der Mann zuckte zusammen und als er noch die zweite Person wahrnahm, wurde er nervös.

„Bitte, bleiben Sie ruhig. Das ist mein Kollege. Wir tun Ihnen nichts.“

„Was wollen Sie von mir?“, fragte der Mann aufgeregt.

„Wir wollen nur wissen, was Sie hier machen. Verraten Sie mir ihren Namen“, bat Nick ihn.

Leonard schaute sich weiter nervös um. „Ihr kriegt mich nicht“, schrie er die Beiden an. Ethan hob unschuldig die Hände und ging ein paar Schritte zurück.

„Hören Sie. Wir wollen Ihnen nichts tun. Wir sind von der Polizei. Sagen Sie mir doch ihren Namen“, wiederholte Nick.

„Steiner. Leonard Steiner. Lassen Sie mich in Ruhe.“

„Also gut, Herr Steiner. Warum kommen Sie nicht von dem Geländer weg und wir unterhalten uns?“

„Weil das nichts bringt“, antwortete er nur und wurde lauter. Wieder öffnete er seine Hand und schaute sich das Amulett an. Seine Schultern bebten erneut auf und er weinte, als er in seine Handfläche schaute.

Nick machte einen Schritt auf ihn zu. „Hören Sie. Es bringt immer etwas. Das Leben meint es nicht immer gut mit uns, aber wir werden jeden Tag auch mit den schönen Dingen erfreut.“

„Schöne Dinge? Es gibt keine schönen Dinge mehr in meinem Leben.“ Ethan schlich sich langsam näher an den Mann heran, doch Nicks Handbewegung ließ ihn wieder erstarren. Nick glaubte, einen Draht zu dem jungen Mann zu bekommen und versuchte weiter, auf ihn einzureden.

„Warum erzählen Sie mir nicht, was Sie beschäftigt? Aber in Ruhe, an einem anderen Ort“, sprach Nick weiter auf ihn ein.

„Warum sollte ich Ihnen davon erzählen. Es bringt sowieso nichts. Niemand glaubt mir. Alle sehen nur das, was sie wollen.“ Er schüttelte den Kopf und atmete tief durch.

„Doch, ich glaube Ihnen, Herr Steiner. Ich höre zu und werde Ihnen helfen.“

„Sie?“, er drehte den Kopf zum Polizisten, „Ein Mann alleine kann mir nicht helfen. Wie wollen Sie mir helfen?“

„Es reicht meist schon, wenn man mit jemanden redet. Und ich werde eine Lösung finden. Glauben Sie mir.“ Nick stand inzwischen nur noch zwei Meter von ihm entfernt.

Leonard Steiner beruhigte sich langsam und fing an zu erzählen. „Sie war meine große Liebe. Wir waren so glücklich miteinander. Doch er hat sie mir genommen.“

„Wer?“, fragte Nick und schaute sich nach den Autos um, die erst neugierig schauten und dann mit Vollgas davon rasten. „Wollen wir uns nicht in meinem Büro unterhalten?“

Der weinende Mann schnaufte laut durch. Er stellte sich aufrecht hin und steckte das in seiner Hand befindliche Amulett in seine Hosentasche. Kurz schloss er seine Augen, bevor er sich dem Kommissar zuwendete. Noch einmal atmete er tief durch und nickte traurig.

Nick war erleichtert und er schützte den Mann so gut es ging vor dem vorbeifahrenden Verkehr. Als der Kommissar seinen Arm um die Schultern des geknickten Mann legte, spürte er, wie fix und fertig der Mann sein musste.

Auch Ethan war erleichtert und folgte den Beiden zum Wagen. Er sah, wie Nick den Mann auf den Rücksitz lenkte. Sein Partner nickte ihm zu und setzte sich zu Herrn Steiner auf die Rücksitzbank. Der junge Kommissar verstand und kroch von der Beifahrerseite auf den Fahrersitz. Nick gab ihm den Schlüssel und sie fuhren zu dritt zum Revier.

Kapitel 3

Während Nick mit Herrn Steiner in sein Büro ging, holte Ethan aus dem großen Gemeinschaftsbüro drei Kaffeebecher und die dreiviertel volle Kanne Kaffee und folgte den Beiden.

Leonard Steiner nahm auf dem Nick gegenüberliegenden Stuhl platz. Ethan goss die Becher voll Kaffee und brachte die Kanne wieder zurück.

„Trinken sie mit Milch oder Zucker?“, fragte der junge Hauptkommissar, bevor er raus ging.

Herr Steiner schüttelte nur mit dem Kopf und nahm mit immer noch zitternden Händen dem warmen Becher zwischen beide Handflächen.

Nick nahm auf seinem Bürostuhl platz und nippte an seinem Becher. Ethan kam wieder und setzte sich etwas seitwärts in den Hintergrund. Er ließ Nick das Gespräch führen.

„Herr Steiner. Nun erzählen Sie bitte ganz in Ruhe was überhaupt passiert ist? Und was Sie auf diese Brücke geführt hat?“, versuchte Nick das Gespräch zu eröffnen.

„Das ist doch unnötig. Sie glauben mir sowieso nicht“, wiegelte er nur ab.

Nick schaute kurz zu seinem Partner und er schnaufte kurz durch. „Ich habe Ihnen doch gerade auf der Brücke erklärt, das wir Ihnen zuhören werden. Bitte erzählen sie es uns."

Der Mann nippte an dem Becher und schaute mit traurigen Augen aus dem Fenster.

„Ich traf Miriam Kähler an der Bushaltestelle und ich sprach sie im Bus an. Sie bot mir ihren Platz an. Es war Liebe auf den ersten Blick", begann er verträumt. Darum ging es den Kommissaren zwar nicht, aber sie hörten interessiert zu.

„Wir verbrachten viel Zeit miteinander, doch sie erzählte mir auch, das sie in festen Händen war. Es war ein Marathon. Oft hatten wir nur wenig Zeit zusammen." Er machte eine kurze Pause und schaute zu Boden. „Ihr Freund hielt sie an der kurzen Leine. Wir mussten aufpassen, das er uns nicht erwischt. Sicher liebten wir uns, aber dennoch kam sie nicht von ihm los. Er behandelte sie nicht gut und schlug sie auch. Aber sie konnte sich nicht trennen, da sie Angst vor ihm hatte."

„Und was hat das nun mit der Brücke zu tun?", fragte Ethan dazwischen, da Herr Steiner gerade eine Pause machte und einen Schluck Kaffee nahm.

„Sie ist...", seine Stimme versagte.

„Ist sie gesprungen?", kam gefühlvoll von Nick.

„Und sie denken, das er sie gestoßen hat?“, ergänzte Ethan.

„Ich denke es nicht, ich weiß es. Er ist ein Verbrecher“, sagte er bestimmt und nickte.

„Wie heißt er?“, fragte Nick und entsperrte seinen Bildschirm nebenbei.

„Dragan. Dragan Iwanow.“

Nick tippte den Namen in die Suchdatei ein und in einem weiteren Fenster rief er die Akte des Falles Miriam Kähler auf. Ethan trat hinter Nick und las mit.

„Er ist ein fieser Typ, der alle unter seine Fittiche haben muss. Einmal hatte er uns gesehen und schnell trennten wir uns. Er pöbelte mir hinterher und ich hatte Todesangst, als er mir etwas folgte. Ich sah aus der Entfernung, als er sich wieder Miriam zuwendete, wie er sie hat am Arm packte und sie grob mit sich riss.“

Die Kommissare hörten zwar zu, aber nebenbei lasen sie auch den Bericht auf dem Bildschirm.

Nick stutzte, als ihm etwas auffiel. „Herr Steiner. Hier steht, das sich Frau Kähler vor einem Monat von der Brücke gestürzt hatte, aber zu der Zeit saß Dragan Iwanow in Untersuchungshaft, wo er auch immer noch auf seinen Prozess wartet.“

„Ich wusste, das auch sie mir nicht glauben werden", sagte er bestimmend. Steiner stellte den Becher auf den Schreibtisch und holte das Amulett aus der Tasche. Er öffnete es und schaute sich das Bild darin an. „Hier, das ist sie." Er zeigte den Kommissaren das Bild eines glücklichen Paares.

„Herr Steiner. Ich verspreche Ihnen, das wir uns darum kümmern werden", versprach Nick seinem Gegenüber.

„Ja, das sagen Sie immer und dann", er machte eine Pause, „Dann passiert wieder gar nichts. Ich kenne das schon." Er steckte das Amulett wieder in die Hosentasche, nachdem er noch einmal traurig auf das Foto blickte.

„Herr Steiner. Wie glauben sie, soll Herr Iwanow das gemacht haben?", fragte Ethan nach.

„Immerhin war er im Knast?", machte Nick noch eine Anmerkung.

„Das weiß ich doch auch nicht", schüttelte er den Kopf, „Wir waren total glücklich, als der Typ verhaftet wurde. Sie fühlte sich immer irgendwie beobachtet und rief mich oft in Panik an. Es war ein Drahtseilakt. Aber ich dachte, das es sich irgendwann beruhigen wird."

„Haben Sie bitte noch einmal ihren Personalausweis?“, fragte Ethan und notierte sich die Daten.

Nick erklärte ihm sein weiteres Vorgehen. „Herr Steiner. Ich verspreche Ihnen, das wir uns persönlich um den Fall kümmern werden. Bitte vertrauen sie uns und ich möchte sie nicht noch einmal an dieser Brücke antreffen.“

Leonard Steiner schaute traurig auf. Ein wenig vertraute er den Kommissaren schon, doch noch immer hatte er Zweifel. „Aber ich...“, begann er, doch Nick unterbrach ihn, „Ich möchte sie nur noch unter der Brücke antreffen. Da können sie sicher einige Blumen und vielleicht ein Licht für ihre Freundin anzünden.“

Ethan gab den Ausweis zurück. „Herr Steiner. Wir werden uns Zeitnah bei Ihnen melden. Bitte vertrauen sie uns“, nickte er und reichte ihm gleichzeitig die Hand.

Kapitel 4

Nick hatte Herrn Steiner hinaus gebracht. Er beauftragte einen Kollegen, ihn nach Hause zu fahren. Als er in sein Büro zurück kam, saß Ethan auf Nicks Stuhl und studierte den Bildschirm des Computers.

„Und, was denkst du?“, fragte er den jungen Kollegen und setzte sich ihm gegenüber.

„Ich weiß nicht“, zuckte Ethan mit den Schultern. Er hatte seinen langen Trenchcoat abgelegt und saß im schwarzen Shirt am Schreibtisch. Ethan trug sein Holster nicht wie viele Beamte am Gürtel, sondern an den Schultern verdeckt unter dem Trenchcoat. „Ich fand Ihn sehr glaubhaft, aber es klingt auch sehr skurril.“

„Ja, so sehe ich es auch. Aber ich finde, das wir das mal angehen sollten. Ob Suizid oder nicht.“

„Aber wie sollte das geschehen sein? Dragan Iwanow war zu der Zeit in Untersuchungshaft.“

„Was hat er angestellt?“, wollte Nick wissen, der keinen freien Blick auf den Bildschirm hatte.

„Dragan Iwanow ist 34 Jahre alt, in Hamburg geboren. Er ist Deutscher mit serbokroatischer Herkunft. Ist schon wegen mehrfacher Delikte vorbestraft. Drogen, Gewalt und Einbruch steht in der

Akte. Aktuell wartet er in Lübeck auf seinen Prozess wegen eines tätlichen Angriffs auf einen Jugendlichen."

„Was gibt es zu dem Suizid zu sagen?", fragte Nick weiter.

„Da gibt es nicht viel. Sie ist laut Rechtsmedizin ertrunken und hat durch den Sprung einige Knochenbrüche erlitten. Sie haben sie erst zwei Tage später am Ufer gefunden. Man ist der Meinung, das sie in der Nacht gesprungen ist. Es gab einige Anrufe in dieser Nacht über eine Person auf der Bundesstraße an der Brücke. Die Akte ist abgeschlossen."

„Das ist ja nicht viel", überlegte Nick, „Gab es Aussagen der Eltern oder Freunden? Litt sie vielleicht unter psychischen Problemen?"

Ethan schüttelte den Kopf: „Nee, hier steht nichts."

„Aber wir können nicht einfach so in dem Fall ermitteln", bestimmte der Revierleiter, der Zweifel hatte und lehnte sich in dem Stuhl zurück.

„Warum nicht?", grinste Ethan zu Nick, „Ich habe hier sowieso nicht viel zu tun. Streife fahren können die Anderen."

„Du willst in einem Fall, der eigentlich als Abgeschlossen gilt, ermitteln?", fragte Nick neugierig.

„Warum nicht“, zuckte der junge Kommissar mit den Schultern, „Du bist doch hier der Chef.“

„Schon, aber ich muss mich in Ratzeburg dafür rechtfertigen. Das geht nicht so einfach.“

„Was glaubst du? Wie kann dieser Dragan es gemacht haben?“, fragte Ethan einfach und wollte so den Fall interessant machen.

Nun zuckte Nick mit den Schultern und stand auf. Er ging auf und ab. „Er könnte jemanden beauftragt haben, der draussen ist. Man müsste herausfinden, wer ihn besucht hat. Er müsste es in Auftrag gegeben haben. Aber das zu beweisen wird sehr schwer werden.“ Nick schlich weiter in dem kleinen Büro auf und ab. „Man müsste bei der Gerichtsmedizin nachfragen und in ihrem privaten Kreis ermitteln.“

„Und im Umfeld von Dragan Iwanow recherchieren“, brachte Ethan noch dazu.

Nick blieb stehen und schaute sein Gegenüber stumm an. Er dachte nicht wirklich daran, in dem Fall zu ermitteln, aber dennoch kannte er Ethan genau und wusste was dieser anstellen würde.

„Na gut, wir können uns ja darin ein wenig umsehen“, schlug er schließlich ein, da er wusste, dass sich Ethan sonst alleine auf den Fall stürzen würde.

„Kann ich Sören mitnehmen? Der braucht noch etwas Praxis", fragte Ethan und sprang vom Stuhl auf.

„Na na, jetzt übertreib mal nicht", redete Nick dagegen, „Ich muss das auch irgendwie erklären. Herr Hansen passt genau auf, was hier abgeht."

„Na komm schon. Ich fahre offiziell mit Sören Streife, da ich die Gegend noch nicht kenne." Ethan grinste und klopfte Nick im Vorbeigehen auf die Schulter. Er war etwa einen halben Kopf größer als der Revierleiter. Der junge Kommissar schnappte sich seinen Mantel und verließ das Büro. Nick schnaufte durch und setzte sich auf seinen Stuhl. Er studierte noch einmal die beiden Fälle, die Ethan ihm vorgelesen hatte.

Ethan schnappte sich den Kommissaranwärter Sören Blaumeier, der gerade mit Heinrich aus dem Keller zurück kam.

„Hey", begrüßte Ethan die Beamten, „Ich habe einen Spezialauftrag für dich Sören." Mehr erklärte Ethan nicht. Zusammen fuhren sie im Streifenwagen los.

Kapitel 5

Ethan setzte sich hinter das Steuer und startete den Streifenwagen. Einen eigenen Dienstwagen hatte er noch immer nicht bekommen. Nick hatte in Ratzeburg einen Antrag gestellt, doch es dauerte bis die Genehmigung kam.

Sören nahm auf dem Beifahrersitz Platz und schnallte sich an. Als Ethan losfuhr, fragte der Kommissaranwärter nach: „Wo geht es hin?"

„Wir untersuchen einen Suizidfall", antwortete Ethan nur kurz.

Sören hob die Augenbrauen und schaute den Fahrer an. Ethan bemerkte es, als er an der Kreuzung anhalten musste.

„Vor vier Wochen ist eine junge Frau von der Kanalbrücke der Bundesstraße gesprungen. Ich will mir das einmal von unten ansehen."

„Davon habe ich gehört. Du musst die Straße „Zu den Ziegelwiesen" rein fahren. Dann bis zum Ende durch."

Still folgte Ethan der Anweisung, da er sich noch nicht gut auskannte. Erst am Ende der Straße fragte Sören weiter.

„Was ist denn bei Suizid noch zu ermitteln?"

„Der Fall gilt als abgeschlossen, aber Nick und ich haben da Bedenken.“

Ethan parkte den Wagen in dem Rondell, direkt unter der Bundesstraße und ging runter zum Wasser. Er blickte nach oben und schätzte die Höhe des Falles zum Wasser auf ungefähr 20 Meter. Die Autos rumpelten oben über die Brücke und auch ein LKW polterte drüber. Sein Blick ging nach rechts, wo der Möllner Hafen zu sehen war. Links lag ein Sandweg am Kanal entlang nach Lübeck.

Was treibt ein junges Mädchen dazu, hier herunter zu springen? Ob freiwillig oder nicht. Verzweifelt musste sie auf jeden Fall gewesen sein, dachte Ethan. Was im Kopf eines solchen Menschen vor sich ging, konnte niemand sagen. Der Hauptkommissar schaute hoch zur Brücke und auch wieder hinunter aufs Wasser.

Er hatte mal gelesen, dass sich in ganz Deutschland ungefähr 10 000 Menschen im Jahr das Leben nehmen. Vor allem jüngere Leute sehen nur einen Ausweg von ihrer inneren seelischen Not. Ob es nun bei dieser jungen Frau ein Warnsignal gegeben hat oder nicht, gilt es herauszufinden.

„Schöne Ecke“, sagte Sören plötzlich, der neben Ethan getreten war. Dieser schreckte auf, als er aus seinen Gedanken gerissen wurde. Sören schaute nach oben und schloss die Augen mit den Händen in den Hosentaschen seiner Uniform.

Ethan schaute den blonden jungen Mann an. „Da gebe ich dir recht. Aber nur wenn man nicht wüsste, das sich hier eine Frau in den Tod gestürzt hat.“ Auch er schaute nun hoch zur Bundesstraße, wo wieder die Fahrzeuge entlang fuhren.

„Das stimmt“, nickte Sören und sah zum Wasser, da ein kleines Boot entlang tuckerte. Die Leute auf dem Boot grüßten freundlich. Die Männer lächelten zurück und hoben die Hand zum Gruß.

Ethans Handy klingelte und er sah auf dem Display, das es der Revierleiter war.

„Hey Nick. Was gibt es?“, sagte er und hörte zu.

Sören schaute dem Kommissar gespannt ins Gesicht, der kaum eine Miene zeigte.

Ethan nickte, obwohl sein Gesprächspartner es nicht sehen konnte. Er legte auf.

„Wir müssen in den Fliederweg. Zu Martens“, erklärte Ethan nur kurz.

„Okay“, nickte der blasse Anwärter. Zusammen stiegen sie in den Streifenwagen.

„Martens?“, überlegte Sören laut, „Das sind doch die Eltern des Mädchens.“

„Richtig. Ich will wissen, ob sie freiwillig gesprungen ist oder nicht", erklärte Ethan nun endlich sein Vorhaben.

„Kein Suizid?", wunderte sich der junge Beamte.

Ethan wiegte den Kopf leicht hin und her. „Wir haben die Vermutung, das es sich auch um ein Tötungsdelikt handeln könnte."

„Wahnsinn. Das wäre aber ein Knaller", brachte Sören nur raus und hob die Augenbrauen. Seine rechte Hand wischte durch seine blonden kurzen Haare, so als wenn er sich bereit machen würde um den Fall anzugehen.

Sie hielten in der Straße und gingen die letzten Meter zu Fuß.

Frau Martens wusch gerade das Geschirr vom Frühstück ab, als es an der Tür klingelte. Mit dem Handtuch in der Hand ging sie zur Haustür und öffnete skeptisch die Tür.

Sie sah zwei Männer. Der hintere trug eine Polizeiuniform, aber der Vordere war ganz in Schwarz gekleidet. Das kam ihr komisch vor. Sie behielt die Tür fest in der Hand und setzte noch einen Fuß davor, um etwas Sicherheit zu haben.

„Ja bitte“, fragte sie und schaute den Mann im schwarzen langen Trenchcoat von oben bis unten an.

„Guten Morgen. Ich bin Hauptkommissar Cooper und das ist mein Kollege Blaumeier“, begann Ethan zu erklären, „Wir hätten da noch ein paar Fragen bezüglich ihrer Tochter Miriam.“ Er hielt ihr seinen Dienstausweis vor, da sie doch sehr skeptisch schaute.

Frau Martens wurde es flau im Bauch. Sie schluckte und schaute auf diesen Ausweis des Mannes. „Ich...“, versuchte sie zu sagen, doch hörte es sich abgebrochen und instabil an. Alles war noch so frisch und verletzbar.

Ethan sah, dass die Frau überfordert war. Er versuchte zu erklären. „Wir möchten uns nur mit Ihnen unterhalten, da wir einige Ungereimtheiten festgestellt haben.“

„Sind sie wirklich von der Polizei?“, stotterte sie heraus.

Sören schritt ein und zeigte mit seinen Worten zu dem Streifenwagen, der etwas weiter weg an der Straße parkte. „Dort drüben steht unser Wagen.“

Sie lehnte sich etwas aus der Tür und schaute. „Mein Mann ist nicht da und ich muss noch zur Spätschicht“, erklärte sie.

„Wir bleiben nicht lange“, nickte Ethan und lächelte ihr zu.

Drinnen sah die Frau ganz anders aus. Nicht nur Ethan fiel dieses auf, sondern auch dem Kommissaranwärter. Sie schaute traurig und verletzbar aus, bei dem Gedanken an ihre geliebte Tochter.

Im Wohnzimmer nahmen sie Platz. „Frau Martens. Darf ich zuerst fragen, warum ihre Tochter den Nachnamen Kähler trägt?“, wollte Ethan wissen.

„Sie ist... war aus erster Ehe. Ich habe vor drei Jahren neu geheiratet. Was gibt es für Ungereimtheiten?“

„Kennen Sie einen Leonard Steiner?“

„Nein. Wer ist das?“

„Er war mit ihrer Tochter zusammen und...“, versuchte Ethan zu erklären, doch wurde er von der Frau unterbrochen.

„Nein, sie war mit diesem fiesen Typen zusammen. Drachen irgendwas“, prustete sie heraus, „Ein widerlicher Typ. Ich weiß nicht, was sie an dem gefunden hatte.“

„Wie lange war sie mit ihm zusammen?“, wollte Ethan wissen.

Sie zuckte mit den Schultern. „Keine Ahnung. Sie hat uns ihre Typen nicht immer gleich vorgestellt. Vielleicht ein Jahr.“

Sören hörte aufmerksam zu und versuchte aus der Mimik der Frau etwas herauszufinden. Sie wirkte sehr gefasst und doch sehr traurig. Ihre Hände hatte sie auf dem Schoss gefaltet. Ein paar mal bemerkte er, wie sie ihre Finger knetete.

Ethan nickte freundlich. „Sie war nicht mehr mit Dragan Iwanow zusammen, sondern mit einem Leonard Steiner."

Die Frau legte den Kopf schief, sagte aber nichts.

„Hatte ihre Tochter irgendwelche psychischen Probleme?"

„Nein", schüttelte sie den Kopf, „Sie war ein ganz normales Mädchen, das sehr fokussiert in die Zukunft schaute."

„Was hat sie gearbeitet?", fragte Ethan nach.

„Sie hat in einem Autohaus gelernt und wollte noch eine zweite Lehre als Bankkauffrau machen. Nur hatte sie mit ihren Bewerbungen bisher kein Glück gehabt."

„Glauben Sie, das ihre Tochter freiwillig gesprungen ist?", kam etwas leise von dem Hauptkommissar über die Lippen.

In den Augen der Frau sah man, wie sich Flüssigkeit ansammelte. Traurig schaute sie nach unten und zuckte einmal mit den Schultern. Antworten konnte sie nichts auf diese Frage.

„Okay Frau Martens. Ist nicht schlimm. Der Herr Steiner vermutet zumindest, das ihre Tochter gezwungen wurde und dem gehen wir nach."

Die Frau schaute auf und machte ein fragendes Gesicht. Sie blickte die Kommissare abwechselnd an. „Von wem?", war das Einzige, was sie über ihre Lippen bekam.

„Das wissen wir noch nicht, aber wir werden ermitteln", nickte Ethan zuversichtlich.

Sie verabschiedeten sich und versicherten der Frau, sie auf dem Laufenden zu halten. Doch möge sie es zuallererst für sich behalten.

Kapitel 6

Revierleiter Niklas Harvey legte den Hörer auf und schnappte sich seinen Autoschlüssel. Er hoffte, dass er in der Wohnung von Dragan einige Hinweise finden würde.

Nick begegnete Heinrich Bauer auf dem Flur des Reviers. Er war der Dienstälteste hier und kümmerte sich um alle anfallenden Angelegenheiten.

„Hey Nick, ik harr di dar noch en paar Fragen“, fragte Heinrich in seinem üblichen Plattdeutsch und deutete auf einige Akten, die er in den Händen hielt.

Nick überlegte einen Augenblick, da er kein Platt verstand, aber egal worum es sich handelte, es musste warten.

„Ja, leg es mir auf den Schreibtisch. Ich schaue es mir später an“, sagte der Revierleiter noch im Gehen und verschwand auch schon durch den Ausgang.

Der Hauptkommissar fuhr den Grambeker Weg entlang. Vorbei an all den unterschiedlichen Einkaufsmöglichkeiten. Gleich gegenüber einem Heim für Schwerstbehinderte stand das Hochhaus, in dem Dragan gemeldet war. Sicher wusste Nick, dass er in Untersuchungshaft saß. Trotzdem erhoffte sich der Beamte einige Antworten oder Erkenntnisse.

Er parkte seinen Dienstwagen in einer Seitenstraße und ging die kurze Strecke zu Fuß.

Einen Fahrstuhl suchte er vergebens. Es ging in den dritten und obersten Stock. Am Ende des Flures lag die Wohnung des 34-jährigen. Ein Namensschild fand man nicht. An der Tür klebten noch die Reste des Polizeisiegels, das eingerissen war. So sollte es eigentlich nicht sein, dachte Nick. Er fasste die Türklinke an und schon öffnete sich die Wohnungstür. Ein strenger Geruch kam ihm entgegen. Es war eine kleine Wohnung, die nicht gerade aufgeräumt war. Sicher war Dragan schon 4 Wochen im Knast und niemand machte hier sauber. Aber selbst das winzige Badezimmer gleich links, machte nicht viel her. Es roch aus dem Bad nach abgestandenem Wasser. Der Kommissar ging einen Schritt weiter durch den winzigen Flur und kam schon in das Wohnzimmer. Die Tapeten sahen graugelb aus. Waren sicher früher mal weiß gewesen, dachte er. Links ging es weiter in das Schlafzimmer. Auch hier die gleichen Tapeten und der Geruch veränderte sich auch nicht. Alles roch nach abgestandener Luft, gemischt mit Zigaretten und etwas Süßem. Nick wusste sofort, das es sich nur um die Süße von Cannabis handeln konnte. In jedem Raum stand ein gefüllter Aschenbecher, der den Gestank weiter an die Luft abgab. Die Couch im Wohnzimmer war aus Leder und der Tisch aus Glas. Zumindest glaubte Nick das er aus Glas war. Genauer wollte er sich den schmutzigen Tisch nicht ansehen.

In der Küche stand ein Topf auf dem Herd. Nick traute sich nicht, den Deckel hoch zu heben. Sicher lag noch Essen im Kühlschrank. Doch auch den machte Nick nicht auf.

Zurück im Wohnzimmer sah er sich nochmal um. Alles sah unaufgeräumt und unbewohnt aus. Die Kollegen hatten hier eh schon alles durchsucht. In den Akten stand nicht viel über die Durchsuchung und auch Nick wusste nicht genau, was er hier wollte. Sicher gab es auch hier kein Geständnis, dass Dragan die junge Frau in den Tod gestürzt hatte.

Es gab hier nichts zu finden, dachte Nick und verließ ohne ein Ergebnis die Wohnung. Er musste der Spurensicherung Bescheid geben, dass das Siegel erneuert werden musste.

Als Nick zu seinem Wagen zurückkehrte, sah er schon einige Leute an seinem Fahrzeug stehen. Ein paar junge Typen, die sich unter anderem an den Kotflügel seines Dienstwagens lehnten und auch in den Innenraum schauten. Sie rauchten und unterhielten sich angeregt. Die jungen Männer sahen nicht aus, als wenn sie mit ihm Karten spielen wollten.

Der Polizist betätigte mit der Hand in der Hosentasche seiner Jeans die Fernbedienung des Wagens. Dieses blinkte auf und gab einen kurzen Piepton von sich. Das beeindruckte die jungen Leute kaum, denn sie sahen nur zu Nick und einige verschränkten die Arme vor ihrer Brust.

Als Nick etwa zwei Meter an seinem Wagen dran war, sprach er die Jungs an.

„Guten Tag die Herren. Dürfte ich mal bitte an meinen Wagen?“

Sie bewegten sich nicht weg vom Fleck, sondern stellten sich ihm eher noch in den Weg.

Sie trugen nur knappe T Shirts und Jeans. Nick dagegen seine Cordjacke mit einem Rollkragenpulli drunter. Es waren gerade mal etwas über 15 Grad kalt.

Einer der Männer, er war sehr muskulös, stand direkt an der Fahrertür und wich nicht zur Seite, als Nick einsteigen wollte. Er trug eine Glatze und einen gepflegten Vollbart. Es passte zu ihm, der sicher nicht deutscher Herkunft war.

„Bitte“, begann Nick wieder freundlich und machte eine kleine Handbewegung.

„Was will ein Bulle hier?“, fragte der Mann an der Tür.

Nick schaute von einem zum anderen. Ein wenig umkreisten sie ihn, doch noch wollte der Polizist nicht zur Waffe greifen oder anderweitig tätig werden.

„Immer sind hier Bullen", antwortete einer der anderen. Er war deutlich kleiner, aber dennoch nicht ungefährlicher.

„Also", wiederholte der Typ an der Fahrertür, „Was willst du hier?"

Nick ging einen Schritt zurück. „Ich habe nur jemanden besucht, aber er war nicht da. Außerdem bin ich kein Bulle."

Die Jungs lachten auf und der vor ihm, der wohl der Anführer dieser kleinen Gruppe war, sprach weiter. „Was bist du dann? Einen Bullen rieche ich auf hundert Meter." Er hob kurz die Nase und schniefte Luft ein. „Und du riechst wie ein Bulle."

„Den Wagen haben wir hier noch nie gesehen", rief einer der anderen rein.

„Wir wollen hier keine Bullen sehen", rief noch ein anderer.

„Ich bin Hauptkommissar Niklas Harvey und möchte sie nun bitten von meinem Fahrzeug weg zu gehen. Ich könnte sie auch alle zu mir in die Arrestzelle bringen und wir unterhalten uns einmal im Revier."

„Hui. Ein Hauptkommissar", lachte einer auf. Der Anführer grinste ebenfalls über diesen Kommentar.

„Wie willst du uns fünf bitteschön festnehmen und zum Revier bringen?“, grinste der an der Tür.

„Ah, dann haben Sie sich ja schon mal schlau gemacht, das ich nur vier von euch mitnehmen könnte“, grinste Nick ihm entgegen, „Ich dachte, dass Sie alle bei meinen Kollegen im Streifenwagen mitfahren könnten. Die sind sicher gleich hier und haben genug Handschellen dabei.“

„Was wolltest du hier?“, fragte der Anführer ohne von Nicks Worten beeindruckt zu sein.

„Erst einmal würde ich gerne wissen, mit wem ich überhaupt rede?“, konterte der Kommissar.

„Memmet“, sagte sein Gegenüber und machte sich groß.

„Okay, Memmet“, sagte Nick und reichte seine Hand, auch wenn er nicht sicher war, ob das der richtige Name war, „Ich wollte zu Dragan Iwanow.“

Sicher hätte Nick die Ausweise der Jungs verlangen können, aber er wollte nicht so auf Polizist machen und das Vertrauen der Jungs gewinnen. Auch konnte er so vielleicht etwas über Dragan herausbekommen.

Memmet stutzte. „Dragan sitzt. Das müsstet ihr Bullen doch wissen.“

„Sicher, aber ich dachte er hat eine Freundin die hier wohnt.“

„Der hat keine Freundin mehr“, lachte einer der anderen auf.

„Still“, motzte Memmet ihn an und redete weiter mit Nick. „Dragan wohnt hier alleine, aber hat ab und an mal ne Olle dabei. Was willst du wirklich hier?“

Nick überlegte und antwortete erst nach einem kleinen Moment. „Ich habe nur überprüfen wollen, ob die Wohnung noch versiegelt ist. Ich habe mir erhofft, ihn etwas kennen zu lernen. Sonst nichts.“ Nick machte eine unschuldige Handbewegung und legte den Kopf etwas schief.

„Dragan ist ein anständiger, wie wir alle hier. Wir hassen es, wenn ihr Bullen immer herumschnüffelt. Lasst uns in Ruhe und verpisst euch aus dieser Gegend.“

In dem Moment ging Memmet zur Seite und ließ Nick in den Wagen einsteigen. Sie verabschiedeten sich nicht, sondern drehten dem Kommissar den Rücken zu und gingen mit stolzen Schritten in einen Nebenweg. Memmet ging voran und Nick hörte noch ihre Stimmen, sowie ihr Lachen. Er konnte an den Augen von Memmet sehen, das er was zu sich genommen hatte. Aber Nick wollte ihn nicht drauf ansprechen. Menschen unter Drogen waren zu allem fähig.

Er stieg in seinen Wagen und atmete tief durch. Sicher hatte er keine Verstärkung gerufen und sicher wusste Memmet das auch, dennoch war er froh über diesen milden Ausgang gewesen. Nick startete den Motor und fuhr los.

Er hielt an der Kleingartenanlage an und besuchte Hermann. Sie war eine Obdachlose, die gleich im ersten Kleingarten Zuflucht gefunden hatte. Sicher bekam sie vom Staat Zuschüsse, doch lebte sie lieber in ihrer Parzelle.

Zu Nicks Glück war sie auch da und öffnete ihm die Tür zur Anlage. Die einzelnen Parzellen waren nicht eingezäunt und somit auch nicht abschließbar. Um die gesamte Anlage führte ein Zaun und die Tore waren verschlossen.

Hermann war eine ältere Dame, etwa um die Mitte fünfzig. Sie trug Gummistiefel und auch die Kleidung war nicht mehr ausgehtauglich. So dachte Nick immer mit einem Lächeln auf den Lippen.

Sie zog ihre Handschuhe aus und begrüßte Nick mit einem kräftigen Händedruck. Hermann war gerade dabei Unkraut aus ihrem Blumenfeld zu zupfen. Aber als Nick kam, unterbrach sie sogleich die Arbeit und holte ihm einen Becher frischen Kaffee auf ihre Terrasse.

„Ich freue mich, das du mich mal wieder besuchst Boss“, freute sie sich. Sie setzte sich ihm gegenüber.

Neugierig schaute sie ihn an. Sie nannte ihn immer nur Boss, was Nick schon in Ordnung fand. Sie war eine liebe und nette Person, die keiner Fliege etwas zu leide tun könnte. Dennoch kannte sie sich sehr gut in Mölln aus und auch kannte sie viele Leute. Schon einmal hatte sie ihm in einem Fall geholfen. Und so besuchte er sie gerne und bekam einen Kaffee spendiert. Manchmal gab sie ihm auch etwas von ihrem frisch geernteten Gemüse oder Obst mit. Auch Nick wollte ihr irgendwann mal eine Freude machen, doch wusste er noch nicht genau wie und was sie brauchte.

„Ich freue mich auch, das ich dich mal antreffe. Es ist immer sehr idyllisch hier, wenn nicht die Straße gleich nebenan wäre."

„Ach", wiegelte sie ab, „Die hört man irgendwann gar nicht mehr. Es sei denn irgendwas mit Sirene fährt vorbei." Sie lachte ein wenig und nippte an ihrem Becher. „Was gibt es Neues?", fragte sie, als sie den Becher abstellte.

„Nicht wirklich viel", zuckte Nick, „Mein früherer Partner hat sich jetzt auch hierher versetzten lassen."

„Das war ja abzusehen, als du mir erzähltest, dass er deinen Arsch gerettet hat. An was für einem Fall arbeitest du gerade?"

Nick lachte auf, „Neugierig bist du ja gar nicht."

„Niemals, aber ich will alles wissen. Also?“

„Eigentlich ist nichts los bei uns. Nur die kleineren Dinge“, nickte der Kommissar nur und trank einen Schluck Kaffee.

„Aber?“, wollte Hermann es genauer wissen.

„Aber nichts“, zuckte Nick mit den Schultern.

„Du sagtest eigentlich und das bedeutet, dass da doch was ist.“

Nick atmete einmal kräftig aus und lehnte sich mit dem Becher in der Hand zurück. „Kennst du Dragan Iwanow?“

Hermann überlegte nicht lange, „Sicher. Der sitzt gerade und ist für viele Schlägereien verantwortlich.“

„Richtig. Da sind auch noch einige andere Delikte für die er verantwortlich ist. Kennst du auch eine Mirijam Kähler?“

Sie schüttelte den Kopf. „Nein, der Name sagt mir nichts. Erfahre ich näheres?“

Nick überlegte und legte den Kopf schief. Ein kräftiger Windzug wehte und Nick sah die Bäume, die sich im Wind bewegten. „Sag mal, wohnst du im Winter auch hier? Ist bestimmt ungemütlich.“

Hermann überlegte nicht lange, „Das Amt zahlt mir da drüben eine Einzimmerwohnung, aber ich bin immer hier." Sie machte eine Handbewegung zur Straße. Gegenüber der Gartenanlage stand ein Hochhaus, in dem viele kleine Wohnungen waren.

Die Frau schaute Nick ununterbrochen an. Sie war einfach zu neugierig und wollte Neuigkeiten immer sofort wissen.

Nick atmete aus. Er dachte, dass er Hermann so auf einen anderen Gedanken bringen könnte, aber das klappte nicht. Er erzählte ihr von dem Vorfall und von der Vermutung, dass Dragan seine Freundin in den Tod geschickt hatte.

„Interessant", nickte Hermann nur, als der Kommissar fertig war. Sie lehnte sich auf ihrer Bank zurück und dachte nach.

Es wurde still. Nur der Verkehr durchbrach die Ruhe. Es fuhr ein LKW einer Getränkefirma vorbei, der ein lautes Dröhnen von sich gab. Erst als es wieder ruhiger wurde, redete Hermann weiter.

„Ich werde mich mal umhören, Boss", sagte sie und trank aus ihrem Becher.

„Aber nicht zu auffällig", drohte Nick fast und gleichzeitig beschwichtigend. Er hatte auch Angst das sich Hermann in Gefahr bringen würde. Auf die Gang von eben musste sie nicht treffen. Das könnte anders ausgehen, als bei Nick.

„Nein, nein Boss. Ich mach das schon."

Kapitel 7

Die Beamten Harms und Berger kamen zurück von ihrer Tour. Sie setzten sich grinsend an ihre gegenüberliegenden Schreibtische.

„Die Frau war aber auch mächtig aufgeregt“, lachte Berger auf. Er schaltete, wie auch Harms seinen Computer an.

„Ja, aber sie hat die Waffe auf mich gerichtet“, kam eher ernst von seinem Partner.

Heinrich hörte es zufällig mit und fragte nach: „War es eine echte Waffe?“

„Nein Heinrich“, beantwortete Berger die Frage.

„Zum Glück nicht“, nickte auch Harms, „Sie hatte die Waffe auf mich gerichtet.“ Er pruste es raus, als wenn es als Anschlag gegolten hatte.

„Wir müssen von Anfang an erzählen. Also erst mal winkte sie aufgeregt vom Balkon herunter. Im Bademantel machte sie die Tür zum Treppenhaus auf. Dann musste sie zurück um ihren Ausweis zu holen.“

„Ihr Nachbar war in der Nacht ins Krankenhaus gekommen und sie passte unterdessen auf dessen Katze auf“, erklärte Harms weiter, „Da hat sie dann diese

Waffe auf dem Sofa liegen sehen und hat Panik bekommen."

„Und ihr seid in die Wohnung und habt sie euch angesehen?", fragte der ältere Beamte nach.

„Nein", schüttelte Berger angewidert den Kopf, „Aus der Wohnung hat es fürchterlich gestunken. Wir erklärten ihr, das wir da nicht ohne Grund rein dürfen. Sie holte die Waffe und wir sahen sie uns an. Es war aber eine gewöhnliche Schreckschuss. Wir haben Bilder gemacht und dabei hat sie die Waffe auf Harms gerichtet." Berger lachte auf. Sein Partner fand es nicht komisch und erklärte weiter: „ Wir schreiben den Bericht und machen einen Vermerk. Auch schauen wir die Datenbank durch."

Heinrich nickte zufrieden und ging hinter seinen Tresen, an dem er die meiste Zeit arbeitete.

Die Beamten machten sich an die Arbeit und schrieben ihren Bericht.

Bis eine Dame, die gerade das Büro betrat Harms seine Aufmerksamkeit hervorrief.

„Hallo Annika", sprach er sie an und stand auf, „Was führt dich heute hier her? Ich dachte du hast frei."

Die Beamtin Annika Köhler, die in Zivil hereingekommen war, reagierte mit einem Seuftzer. Sie umfasste ihre Handtasche, die über ihre Schulter lag fester.

„Ich habe nur etwas in meinem Spind vergessen. Bin gleich wieder weg.“ Sie versuchte an den Schreibtischen der beiden Beamten vorbei zu kommen, doch Harms stellte sich ihr in den Weg.

„Ach echt?“, fragte er schelmisch und grinste, „Vielleicht könnte ich dir helfen. Wir beide in der Umkleide. Alleine und unter uns.“ Die letzten Worte flüsterte er, sodass nur Annika es hörte.

In der jungen Beamtin arbeitete es im Kopf, bis ihr eine gute Ausrede einfiel: „Ich muss auch noch zu Nick rein.“ Sie drängte sich am Beamten vorbei, der darauf nichts konterte.

„Was hat dieser Nick bloß, das sie ihn alle so vergöttern?“ Verärgert setzte er sich auf seinen Stuhl und schaute der Beamtin hinterher, wie sie um die Ecke verschwand.

„Etwas was du zumindest nicht hast“, grinste wieder sein Partner.

Im Flur atmete Annika tief durch. Sie mochte den Kollegen von Anfang an nicht. Er schleimte um jede Frau herum, die er sah. Doch hatte der neue Revierleiter Niklas Harvey es sofort bemerkt und sie mit einem anderen Partner auf Tour geschickt. Auch hatte sie andere Schichten, um Harms aus dem Weg gehen zu können. Zwar hatte sie nur ihr Heuschnupfenspray im Spind vergessen und musste gar nicht zu Nick ins Büro, aber das wusste Harms ja zum Glück nicht. Sie grinste bei dem Gedanken daran.

Als sie vor der Umkleidekabine der Damen stand, öffnete sich überraschend die Tür der Herren und ein attraktiver Mann kam heraus. Annika hatte ihn noch nie gesehen und stutzte. Er war schlank und groß, hatte hellbraune Haare. Er richtete sich gerade den Kragen seines langen schwarzen Trenchcoats. Zusammen mit seinen schwarzen Boots und der ebenso schwarzen Jeans sah er nicht wie ein Kollege aus.

Sie sprach ihn deshalb an: „Hallo. Sind sie ein neuer Kollege?“

Ethan Cooper grinste. Er kannte solche Reaktionen schon, da er ja nun wirklich nicht wie ein Polizeibeamter aussah. Ethan grinste und holte seinen Ausweis aus der Gesäßtasche der Jeans. „Hallo. Ja, ich bin Ethan Cooper und hier ist mein Dienstausweis.“

Annika staunte über die Art wie der Mann sich vorstellte und ihr seinen Ausweis vorzeigte. Er musste schon öfter in solchen Situationen gewesen sein.

„Das ist aber ein Ausweis aus Köln,Herr Kollege?“

„Ja, ich habe mich hier zu meinem ehemaligen Partner versetzten lassen. Ich habe lange Jahre mit Nick gearbeitet. Aber nun möchte ich ihn und auch euch hier im Norden unterstützen“, erklärte er.

Annika nickte freundlich und stellte sich ebenfalls vor. Sie verschwand anschließend in der Umkleide, aber nicht ohne dem neuen Kollegen hinterher zu schauen. Ein leichtes Grinsen ging ihr über die Lippen. Sie wusste nicht was, aber er schien für den Beamten Harms eine Art Konkurrent zu werden. Sie war gespannt, wie es sich weiter entwickeln würde.

Ethan ging ebenfalls mit einem leichtem Grinsen den Flur entlang. Er klopfte nur kurz an die Bürotür des Revierleiters und trat sofort ein.

Nick schaute von seinem Bildschirm auf und begrüßte nur knapp den jungen Hauptkommissar.

„Schön, dass du da bist“, begann Nick zu erzählen, „Hier, dieser Dragan hat für sein Alter von 34 Jahren schon einiges auf dem Kerbholz.“ Ethan trat hinter Nick und schaute über dessen Schulter auf den Bildschirm. Er ging die einzelnen Vergehen nacheinander durch.

Harms und Berger schrieben ihren Bericht weiter und hörten die verschiedenen Geräusche im Großraumbüro. Einige der Kollegen telefonierten oder unterhielten sich in der kleinen Kaffeeecke. Sie bemerkten es kaum noch, wenn sie konzentriert am Arbeiten waren. Erst als Heinrich wieder an den Tisch der beiden Uniformierten trat, schauten sie auf.

„Fertig mit schrieven?“, fragte er und hielt einen Zettel in der Hand. Ohne auf eine Antwort zu warten, las er vom Papier ab. „En Insatz keem jüst rein un ik dach mi, dat dat wat för jo weer. En Annegerin hett sik över hör Naverin besnackt.“

Berger nahm den Zettel an sich und beide nickten Heinrich nur zu. Sie selbst sprachen zwar kein Plattdeutsch, aber verstehen konnten sie Heinrich schon. Ein neuer Einsatz hatte Heinrich für die Beamten. Im Wagen nannte Berger dem Fahrer die Adresse und schaute still auf das Papier. Er begann zu grinsen.

„Was gibt es zu grinsen?“ fragte Harms neugierig und lenkte den Einsatzwagen gekonnt durch die Straßen der Möllner Innenstadt. Blaulicht hatte er nicht eingeschaltet. Dementsprechend ruhig verlief die Fahrt.

„Hier steht etwas, was Heinrich uns verheimlicht hat.“

„Nun sag schon“, kam gelangweilt von Harms.

„Die Anwohnerin beschwert sich über wechselnden Männerbesuch und anstößige Geräusche bei ihrer Nachbarin.“

Nun grinste auch Harms. „Na, dann ist das auf jeden Fall etwas für uns.“ Man könnte meinen das er nun etwas schneller zum Einsatzort fuhr.

Bei Nick im Büro hatten sich Ethan und er beraten und kamen zum Entschluss, das es unmöglich war, in dem Fall zu ermitteln und nun wussten sie auch, warum die Kollegen aus Lübeck den Fall geschlossen hatten. Aber Nick ärgerte es und er dachte nach, als Heinrich klopfte und herein trat.

„Ich habe hier die letzten Tagesberichte für dich“, sagte er in Hochdeutsch zu den Kollegen. Die aber noch immer fieberhaft nach einer Lösung für ihr Problem suchten. Heinrich bemerkte es und fragte nach.

Nick setzte sich auf und klärte den Dienstältesten auf.

„Ja, ich habe von dem Fall gelesen. Die arme junge Frau ist wohl freiwillig gesprungen. So steht es zumindest im Bericht.“, nickte Heinrich und überlegte mit. „Aber was ist euer Plan?“, fragte er nach einigen Denksekunden.

Ethan meldete sich zu Wort, „Am Liebsten würde ich mir diesen Dragan einmal zur Brust nehmen. Wir sollten einen Besuchstermin in der JVA beantragen.“

„Und dann?“, fragte Nick, „Willst du ihn fragen, ob er seine Freundin in den Tod gestürzt hat? Meinst du er antwortet dann, „Ja natürlich habe ich das gemacht“?

„Nein“, wiegelte sein Kollege ab, „So meinte ich das doch nicht.“

Heinrich hatte da eine bessere Idee. „Was hältst du davon“, er machte eine kurze Pause und überlegte, „Ich habe einen Freund. Na ja, ich kenne ihn noch von der Polizeischule. Norbert Weihrer. Er leitet die JVA in Lübeck. Vielleicht können wir dich in die Anstalt einschleusen.“

Ethans Gesicht erhellte sich, doch Nicks dagegen verdunkelte sich. „Kommt gar nicht in Frage. Das ist viel zu gefährlich.“

„Warum nicht?“, fragte Ethan. „Ich mach das schon. Du verhaftest mich und ich gehe in den Knast. Da werde ich Dragan auf den Zahn fühlen. Dann komme ich wieder raus und wir können ihn als Mörder belasten.“

„Ethan, das ist gefährlich. Das ist doch kein Spaziergang“, erklärte Nick.

Doch Ethan seine grünen Augen leuchteten und er war durch nichts mehr umzustimmen. „Was sollten wir sonst machen? Hier oben im Norden wird mich niemand im Knast erkennen. Unten in Köln hätte ich das nicht so einfach machen können.“

Er schaute Heinrich an. „Kannst du deinen Freund einmal anrufen und fragen?“

„Nein“, motzte Nick wieder dagegen, „Das kann ich bei Hansen nicht erklären und bekomme sicher auch nicht die Genehmigung für den Einsatz.“ Der Dienststellenleiter suchte verzweifelt nach etwas, um Ethan diesen Plan auszureden. Doch wusste er auch, dass, wenn sein Partner sich etwas in den Kopf gesetzt hatte, er kaum umzustimmen war.

„Das geht voll auf meine Kappe“, nickte Ethan ernst seinem Vorgesetzten zu. Nick atmete tief ein und prustete die Luft hörbar aus. Er stand von seinem Stuhl auf und sah von Ethan zu Heinrich, die eigentlich nur noch auf die Zustimmung von Nick warteten.

„Na gut“, begann er, doch hielt er die Beiden mit einem Stopp auf. Heinrich und auch Ethan wollten schon das Büro verlassen. „Wir machen das aber unter der Hand. Kein Wort zu niemanden. Ich werde Hansen nicht informieren. Das halten wir schön bedeckt. Ich ermittle hier draußen und du im Knast. Ich werde dich als dein ermittelnder Beamter öfter besuchen.“ Beide Beamten nickten ihm zu und verließen das Büro von Nick.

Als sie draußen waren, setzte Nick sich wieder und dachte nach. Er hatte kein gutes Gefühl bei dem Gedanken, dass Ethan hinter Gittern war.

Kapitel 8

Am nächsten Morgen kam Nick wie immer früh zum Dienst. Ethan hatte er heute nicht abholen müssen, da dieser noch etwas zu erledigen hatte. Was, das wusste Nick nicht.

Der Revierleiter erledigte die morgendliche Besprechung mit den Kollegen. Heinrich berichtete von den nächtlichen Einsätzen. Eine Ruhestörung, sowie einige Fahrzeuge, die routinemäßig überprüft wurden, ergaben eine doch ruhige Nacht.

Die Kollegen Annika Köhler und Tolga Tun hatten heute eine Schulung in Hamburg, die zwei Tage andauern würde.

Die Beamten Berger und Harms machten wie immer ihre Runden im Dienstwagen, sowie auch der Beamte Ahlers mit dem Kommissaranwärter Sören Blaumeier. Sören schaute etwas irritiert auf Nick, da er doch eigentlich im Revier neben Heinrich arbeitete. Aber Nick lächelte Sören freundlich an und gab ihm zu verstehen, dass es heute in Ordnung wäre. Sören dachte sicherlich, das er mit Ethan auf Tour gehen würde, doch musste Nick auch ihn da raus halten. Denn, um so weniger Leute von ihrem Plan wussten, um so besser war es für Ethan.

Im Anschluss gingen Nick und Heinrich ins Büro des Leiters. Hier wollten sie besprechen, was niemand sonst wissen sollte.

„Hast du deinen Freund erreicht?“, fragte Nick, als die Tür geschlossen war und sie unter sich waren.

„Ja, er braucht aber noch einen Tag Vorbereitung.“

„Gut, den brauchen wir auch noch. Ich muss 'ne Akte erstellen, damit es auch glaubwürdig ist.“

„Sicher,“ nickte Heinrich, der in der Gegenwart von Nick versuchte, Hochdeutsch zu reden, „Was willst du denn für ein Verbrechen nehmen?“

„Ach“, zuckte Nick entspannt mit den Schultern, „Ich dachte an Betrug. Nichts kompliziertes.“

„Und wo ist Ethan heute morgen?“

„Der wollte noch etwas besorgen, sagte er.“ Wieder zuckte Nick mit den Schultern und setzte sich an seinen Schreibtisch. Er schaltete den PC an und ordnete die liegengebliebenen Akten auf seinem Tisch.

Heinrich verabschiedete sich und ging seiner Arbeit im Großraumbüro nach.

Der Revierleiter grübelte lange, wie er das anstellen sollte. Ethan brauchte eine neue Identität. Und nicht nur das. Er brauchte auch einen neuen Ausweis. Alleine das würde schon einige Zeit dauern und des weiteren würde es nicht unter der Hand gehen.

„Das kann doch nichts werden“, schüttelte Nick den Kopf und grübelte. Er lehnte seinen Oberkörper im Stuhl zurück und verschränkte die Hände hinter seinem Kopf.

Ethan unterdessen schlief entspannt aus und machte sich erst spät auf zum Revier. In seinem typischen schwarzen Outfit ging er über einige kleine Umwege zum Revier. Unterwegs begegnete er einem Typen, mit dem er eine Verabredung hatte. Zwar kannte Ethan sich hier in der Kleinstadt noch nicht aus, aber dennoch wusste er, wo er etwas Wichtiges her bekam.

„Und? Hat es geklappt?“, fragte der Polizist ernst, aber dennoch lässig.

„Sicher. Hast du die Kohle?“, fragte der Unbekannte. Er war schlank und hatte neben einer Jeans noch einen dunkelblauen, schlabbrigen Kapuzenpulli an. Die Kapuze hatte er sich weit über das Gesicht gezogen. Die Hände vergrub er in seiner Fronttasche. Aus dieser zog er einen kleinen, weißen Umschlag heraus und gab ihn Ethan. Dieser tauschte den Umschlag mit einer Banderole, die er aus seiner Hosentasche zog. Sogleich trennten sich die beiden wieder und gingen ihrer Wege.

Ethan ging weiter, an der Bücherei vorbei und hinunter in Richtung Innenstadt. Er marschierte an diversen Geschäften vorbei, die schon geöffnet hatten. Die Menschen kauften ein und holten sich Essen aus den kleinen Restaurants der Stadt.

Es war bereits Mittag, als Ethan auf dem Revier ankam. Er begrüßte kurz die Kollegen im Büro und ging gleich weiter in Nicks Büro.

Nick schaute hinter seinem Bildschirm auf, als Ethan nach dem Klopfen hereinkam.

„Hey Partner. Bist du auch endlich da", schnaubte Nick.

Ethan grinste und nickte ihm zu.

„Du Ethan. Das wird nichts mit unserem Plan", schüttelte Nick mit dem Kopf. Ethan kam auf Nicks Seite des Schreibtisches.

„Warum nicht?", wollte der junge Mann wissen, „Spielt Heinrichs Kumpel nicht mit?"

„Doch, der ist nicht das Problem. Aber du brauchst 'ne neue Identität. Das schaffen wir nicht unter der Hand."

Ethan grinste, auch wenn Nick es nicht sah. Der Revierleiter schaute nur auf seinen Bildschirm und durchsuchte seine E-Mails.

Erst als Ethan seine Hand in Nicks Blickfeld brachte, reagierte der Revierleiter. Nicks Augen nahmen das wahr, was Ethan in seiner Hand hielt.

„Wo hast du den denn her?“, reagierte Nick erstaunt. Er nahm den Ausweis aus der Hand seines jüngeren Kollegen. „Ethan Culpepper?“, las Nick und schaute daraufhin seinen Kollegen an.

„Jaa, ein alter englischer Name“, nickte Ethan mit einem Lächeln auf den Lippen.

„Wo hast du den her?“, fragte Nick weiter. Er drehte ihn um und suchte bei dem gefälschten Ausweis den Fehler. „Die Qualität ist gut, sehr gut.“

„Danke. Der Name ist ein alter englischer Name. Culpepper bedeutet der falsche Pfefferhändler. Ich habe ihn gegoogelt. So heißt heutzutage niemand. Also dachte ich mir...“, erklärte Ethan und legte den Kopf schief.

„Aber wo ist der her?“, fragte Nick weiter nach. Er hielt Ethan den Ausweis hin und schaute den jungen Kommissar an.

Dieser grinste wieder auf und erklärte: „Ich habe in Köln noch gute Kontakte, die auch hier Kontakte haben. Ich hatte...“

„Stop“, hielt Nick ihn auf, „Mehr möchte ich, glaube ich, nicht wissen. Das wird nicht gut gehen. Das habe ich im Gefühl. Wir sollten das nicht machen.“

Ethans Grinsen verschwand und er zog sich auf den Stuhl, gegenüber von Nick, zurück. „Warum nicht?“, fragte Ethan ganz entspannt. Er lehnte sich zurück und verschränkte die Arme vor der Brust.

„Ich weiß nicht“, begann Nick. Er stand auf und ging unruhig im Büro hin und her. „Ich habe da einfach Bedenken. Das ist kopflos und vielleicht nicht zu Ende gedacht. Man müsste das besser planen.“

„Sag mal Nick. Wirst du etwa vorsichtig? Wir haben schon so viele verrückte Dinge gemacht und bei diesem Vorhaben kneifst du?“

Ethan beobachtete, wie Nick mit dem Rücken zu ihm gerichtet, stehen blieb. Der Revierleiter blickte starr zum Fenster raus.

Der junge Kommissar wollte gerade aufstehen und zu Nick rüber gehen, als Nick sich auf dem Fuße herum drehte und Ethan direkt ansah.

„Okay. Aber versprich mir, dass du nicht auf Risiko gehst? Ich kann dir da drinnen nicht helfen. Du bist im Knast auf dich allein gestellt.“

„Das weiß ich Nick“, kam es ernst von Ethan. Auch er stand nun auf und stellte sich Nick gegenüber. Er legte seine Hände auf Nicks Schultern. „Ich werde das schon schaffen. Vertrau mir.“

Nick atmete tief ein und prustete die Luft hörbar aus. Einen Moment sagte keiner etwas.

„Ich habe Angst um dich“, flüsterte Nick.

„Das glaube ich dir. Aber ich werde es alleine da drinnen schaffen. Glaube mir. Vertrau mir“, kam noch einmal eindringlich von Ethan. Auch er wusste noch nicht genau, wie er es anstellen würde. Auch hatte er Respekt vor dem Fall. Angst durfte er nicht haben und erst recht nicht zeigen.

Zusammen machten sie die nötigen Papiere fertig, um am nächsten Tag in die JVA zu fahren.

„Wegen was willst du mich überhaupt verhaften?“, fragte Ethan, als sie zusammen die Akte fertig machten.

Nick zuckte mit den Schultern und sagte gleichzeitig: „Ich dachte an Betrug.“

„Betrug? Mehr nicht?“

„Ja. Was hältst du von Urkundenfälschung?“ Nick deutete dabei auf den gefälschten Ausweis von Ethan. Dieser lag noch auf dem Tisch und Ethan war einverstanden.

„Was hältst du noch von versuchter Körperverletzung?“, dachte Ethan laut.

„Klar, das bekommen wir auch noch rein“, nickte der Revierleiter und tippte eifrig weiter.

Es klopfte im nächsten Augenblick an der Tür und Heinrich kam herein. „Ich wollte nur fragen, ob alles klar geht?“

Die Kommissare nickten beide zugleich.

„Gut. Hier habe ich für euch die Telefonnummer von Norbert Weihrer, Leiter der JVA Lübeck. Er weiß zwar Bescheid, aber die Details besprecht ihr bitte mit ihm.“

Nick nahm den Zettel entgegen und tippte die Nummer sogleich in sein Handy ein.

Heinrich nickte nur und ging wieder hinaus. Der Dienstälteste des Reviers wollte keine weiteren Details wissen. Er fand auch, dass es ein riskantes Abenteuer war. Aber er vertraute zumindest dem Revierleiter. Und da Nick von Ethan überzeugt war, machte Heinrich sich keine Sorgen. Die Kommissare werden wissen, was zu tun ist. Er machte sich an seine eigentliche Arbeit, als wenn nichts gewesen wäre.

Ethan hatte die Nacht schlecht geschlafen. Ihm wäre es lieber gewesen, wenn er gestern schon in die JVA gebracht worden wäre. Aber Nick war dagegen gewesen. Sicher würde es kein Zuckerschlecken werden, dass wusste der junge Kommissar auch. Aber er wusste auch, dass er etwas tun musste, damit dieser Fall aufgeklärt wird. Ob die junge Frau nun selbst gesprungen war oder ob sie dazu gedrängt wurde, war ein gewaltiger Unterschied.

Auf der Fahrt nach Lübeck redete keiner der Beiden im Wagen. Im Revier hatte Nick seinem Partner noch die Waffe und das an den Schultern liegende Holster abgenommen. Auf Handschellen verzichteten die Kommissare.

Als sie bei der Anstalt vorfuhren, unterbrach Nick die Stille. „Bitte pass auf dich auf." Er atmete noch einmal hörbar auf.

Auch Ethans Brust bewegte sich und er sprach ernst: „Das werde ich. Mach dir bitte keine Sorgen."

„Ich werde mir auf jeden Fall Sorgen machen", flüsterte Nick und öffnete seine Wagentür. Sie stiegen aus und Nick glaubte, das seine Beine auf dem Weg zur Aufnahme immer schwerer wurden.

Die Anmeldung war schnell gemacht. Die Beamten der Anstalt erwarteten den neuen Insassen schon. Nick hatte nicht viel erklären müssen. Nur ein Formular musste er unterschreiben. Als er sich umdrehte und gehen wollte, legte er die Hand auf Ethans Schulter und drückte noch einmal.

Nick drehte sich nach einer gläsernen Tür noch mal um und sah, wie Ethan durch eine eiserne Tür verschwand. Es zerbrach ihm fast das Herz und er hoffte, dass alles gut gehen würde.

Kapitel 9

Hauptkommissar Niklas Harvey stieg in seinen Dienstwagen und machte sich auf den Weg zur Gerichtsmedizin. Er gab die Adresse in das Navi des VW Touareg ein. Die Strecke war nur kurz und Nick gab Gas. In den Akten hatte er gelesen, dass der Rechtsmediziner Doktor Wolfgang Ernst die Obduktion der Leiche übernommen hatte. Noch in Mölln hatte er telefonisch um einen Termin mit dem Arzt gebeten. Er hatte noch eine gute Stunde bis zu dem Termin.

Ihn umgab ein ungutes Gefühl, bei dem Gedanken, seinen Partner in der JVA abgegeben zu haben. Falls Ethan Hilfe bräuchte, so konnte Nick nicht wie gewohnt zu Hilfe eilen. Nun musste er sich auf die Mitarbeiter der Anstalt verlassen.

In der Rechtsmedizin angekommen, fand Nick schnell den Weg zum Arbeitsplatz des Rechtsmediziners Wolfgang Ernst. Sein Büro grenzte gleich an einen der vielen Obduktionsräume. Die Tür war weit geöffnet und Nick schaute neugierig hinein.

Er sah, wie der Doktor in weißem Kittel mit dem Rücken zu ihm am Tisch stand. Drei vermummte Personen, sicher Studenten dachte Nick, sahen dem Arzt bei seiner Obduktion zu. Von der Leiche sah Nick zum Glück nur die Beine.

Die Studenten schauten kurz auf, als Nick herein schaute. Daraufhin drehte sich der Doktor ebenfalls kurz um.

„Geben Sie mir noch zehn Minuten“, sagte der Pathologe nur und widmete sich wieder der Leiche auf dem Tisch. Er wartete nicht auf eine Antwort oder Bestätigung des Kommissars.

Nick drehte sich von dem Raum weg. Er blickte an die Wand über dem Schreibtisch. Dort hing neben den Star Trek Plakaten noch eine Uhr. Er war ne gute halbe Stunde zu früh dran und geduldete sich deshalb auch. In einer der Ecken stand eine gläserne Vitrine, in der interessante Dinge ausgestellt waren. Nick trat näher und schaute sich die verschiedenen Knochen an. Oben lag ein Schädel. Kleine Schilder dokumentierten die verschiedenen Gebeine.

Im Hintergrund vernahm Nick plötzlich eine Säge. Er wollte sich nicht vorstellen, was gerade im Untersuchungsraum vor sich ging. Nun sahen die Knochen in der Vitrine nicht mehr so interessant aus und Nick wendete sich ab.

Der Kommissar nahm sich sein Handy in die Hand und durchsuchte seine Nachrichten und E-Mails. Seine Gedanken gingen wieder zu Ethan, der sich freiwillig in die JVA hat einweisen lassen. Nick versank in Gedanken und schreckte auf, als er vom Arzt angesprochen wurde.

„Herr Harvey“, begann der Arzt und trocknete sich noch seine Hände ab, „Sie sind früh dran.“

Sie gaben sich die Hand und Nick entschuldigte sich. Der Doktor drehte sich sogleich zu seinem Schreibtisch, der an der Wand unter den Plakaten stand. Er nahm eine Akte in die Hand und schlug die erste Seite auf.

„Sie wollten etwas über eine Wasserleiche wissen.“

„Richtig“, nickte sein Gegenüber.

Der Pathologe kratze sich am Kinn und überschlug seine Einträge zu dem Fall noch einmal.

„Ist schon einige Wochen her, aber ich erinnere mich noch an die Frau. Sie ist definitiv ertrunken. Wir haben Wasser in ihren Lungenflügeln gefunden. Einige Knochenbrüche, die sie noch bewusst wahr genommen hat. Das Wasser in der Lunge hat dazu geführt, das sie das Bewusstsein verlor und ertrank.“

„Warum wurde sie erst nach 2 Tagen gefunden?“, wollte Nick wissen.

Noch einmal sah der Arzt in die Akten. „Leichen sinken bei dieser geringen Wassertiefe erst nach unten und steigen nach etwa 30 Minuten wieder nach oben. Da muss sie in das Schilf getrieben worden sein, da sie sonst wieder in die Tiefe gesunken wäre. Daran sind die Gase des Leichnams schuld. Das war ein Glück, sonst wäre sie am Grund für immer verschwunden.“

Betroffen schaute Nick kurz zu Boden. Auch nach so vielen Jahren als Polizist nahm es ihn noch immer mit.

„Können Sie mir sagen, ob es schon vor dem Sprung Verletzungen gab?“

Wieder schaute der Arzt in die Akte und schlug eine weitere Seite auf. „Nein“, schüttelte er den Kopf, „Auch fanden wir keine fremden Substanzen im Blut. Vermuten sie Fremdeinwirkung?“

Nun war es Nick, der gefragt wurde. Er merkte, das der Arzt neugierig wurde. Nur wollte er nicht zu viel verraten, um seinen Partner nicht zu gefährden. „Ich bin mir nicht sicher“, antwortete er knapp, „Wir haben einen Zeugen gefunden, der behauptet, dass es sich nicht um einen Suizid gehandelt haben soll. Weiter kann ich ihnen noch nichts dazu sagen.“

„Sicher“, nickte der Doktor, „Es ist sehr schade, das sie so früh verstarb. Sie sprach nicht viel mit mir.“ Den letzten Satz flüsterte Doktor Ernst nur und schlug dabei die Akte zu. Kurz herrschte Stille.

Nick hatte den letzten Satz des Arztes noch gehört, doch ignorierte er den Inhalt. Schon beim letzten Besuch bemerkte er eine Eigenschaft an dem Pathologen, die sehr ungewöhnlich war.

„Wer hat die Leiche identifiziert?“, fragte Nick noch nach.

„Niemand. Sie hat ein Tattoo auf der Schulter hinten. Anhand eines Fotos des Tattoos haben die Verwandten sie identifiziert."

„Okay. Aber ungewöhnlich, oder?"

„Nein, wenn die Hinterbliebenen die Leiche nicht sehen wollen, erfüllen wir ihnen diesen Wunsch."

Schnell wollte er sich verabschieden und gehen, wurde jedoch vom Arzt aufgehalten. „Warten Sie. Ich habe da noch etwas." Er ging in einen weiteren hinteren Raum, den Nick noch nicht wahr genommen hatte. Wolfgang Ernst verschwand im Dunkel des Raumes. Der Polizist wartete ab und schaute dem Arzt hinterher. Er hörte den Arzt reden und Nick musste dabei schmunzeln.

Nach einigen Minuten des Wartens kam der Arzt aus dem Raum zurück in sein Büro. Er hatte eine kleine Box in der Größe eines Schuhkartons in der Hand.

„Das sind noch die privaten Hinterlassenschaften von Miriam Kähler. Hat irgendwie niemand abgeholt", zuckte der Arzt mit den Schultern. Wolfgang stellte die Box auf den Schreibtisch und öffnete sie. Er nahm eine Tüte heraus und übergab diese an den Polizisten. Nick sah gleich das Handy und einen Schlüsselbund der Toten.

Im Auto legte Nick sich die Tüte auf den Beifahrersitz. Er wunderte sich, dass sich niemand darum gekümmert hatte. Sollten die Kollegen die Akte etwas zu schnell geschlossen haben? Seine Gedanken gingen noch einmal den vermutlichen Suizid der Frau durch. Er blickte dabei die Tüte an und sah das Handy, das er sicher noch durch die Spurensicherung untersuchen lassen würde. Sein Blick blieb schließlich auf dem Schlüsselbund hängen. Er sah einen Autoschlüssel und dann kam ihm ein wichtiger Gedanke, der bisher noch nirgends aufgetaucht war.

Wie ist die Frau überhaupt zu der Brücke gelangt?

Kapitel 10

Ethan musste einiges ertragen, als er in der Anstalt aufgenommen wurde. Seine geliebten schwarzen Klamotten musste er ausziehen. Diese wurden eingehend untersucht, bevor er sie sich wieder anziehen durfte. Seine schwarzen Boots waren den Beamten aber zu spitz vorne und er bekam einfache Turnschuhe zur Verfügung gestellt. Eine kleine Sporttasche hatte er mitgebracht, die ebenfalls durchsucht wurde. Hygieneartikel und Wechselwäsche hatte er eingepackt, die er mit rein nehmen durfte. Seine Ausweispapiere wurden eingezogen. Das bisschen Bargeld wurde ebenfalls eingezogen.

Anschließend ging es in einen separaten Raum, in dem nur zwei Stühle und ein Tisch standen. Mit dem Rücken zur Tür sollte Ethan sich an den Tisch setzten. Einer der beiden Beamten nahm ihm gegenüber Platz. Er hatte die Akte in der Hand, die er auf den Tisch legte und öffnete. Der Justizbeamte schien freundlich und las sich noch einmal die Akte laut durch, um die Daten mit dem Häftling abzugleichen. An den Namen Culpepper musste Ethan sich erst noch gewöhnen. Sein Bargeld, welches er nicht mit in den Vollzug nehmen durfte, wurde protokolliert und seiner Zelle zugewiesen. Wenn er etwas käuflich erwerben wollte, wurde es abgezogen.

Der Justizbeamte erklärte Ethan, dass er ein anständiges Benehmen wünscht. Die Schließer haben immer recht und bestimmen was er wann wo machen darf. Es gibt eine Art Supermarkt, in dem man Zigaretten, Getränke, Drogerieartikel und Naschereien kaufen konnte. Bei Unwohlsein steht ein Arzt zur Verfügung. Einfach bei einem der Schließer melden.

Nach etwa einer halben Stunde war der Beamte zufrieden. Er schloss die Akte und wollte noch etwas hinzufügen, als sich die Tür öffnete. Ethan drehte den Kopf und sah einen älteren Herren in grauen Anzug.

„Ist das Ethan Culpepper?“, fragte der Mann zum Wärter. Dieser nickte nur und Ethan schaute wieder den Beamten ihm gegenüber an.

„Gut, er geht in Trakt C“, sagte der Mann nur und verließ den Raum wieder. Ethan dachte sich, dass das der Leiter Herr Weihrer gewesen sein musste. Da der neue Häftling keine weiteren Fragen hatte, standen beide auf und verließen den Raum.

Es ging durch die verschiedenen Gänge und diverse vergitterte Türen zum Trakt C. Ethan kam jeder Gang gleich vor und er verlor die Orientierung.

Die Zelle war nicht groß. Er schätzte den Raum auf etwa acht Quadratmeter. Sehr sparsam eingerichtet. Ein schmales Bett an der Wand. Ein kleiner Tisch mit Stuhl unter dem kleinen vergitterten Fenster, Toilette und

Waschbecken direkt neben der Eingangstür, sowie ein Schrank gegenüber vom Bett an der Wand waren alles, was es hier gab.

Ethan atmete durch und ließ die Schultern hängen. Bislang verlief alles reibungslos. Doch würde es nicht so einfach sein, an Dragan heran zu kommen. Sicher war, dass er im gleichen Trakt wie Dragan war. Der Leiter der Anstalt hatte gestern zu Nick gesagt, dass Dragan im Trakt C sei und auch Ethan in diesen Trakt kommen sollte. Nun war er hier und wartete, dass etwas passieren würde.

Es war furchtbar still hier in der Zelle. Ethan setzte sich auf das Bett. Die Decke lag zusammen mit einem Kissen an der Kopfseite. Am Fußende lag die weiße Bettwäsche, die zur Verfügung gestellt wurde.

Die Stille würde ein Problem werden, dachte Ethan. Er stand auf und bezog das Kissen und die Decke. Anschließend legte er sich auf das Bett und versuchte, sich zu entspannen.

Die Zeit verging sehr langsam, doch schaffte Ethan es, ein wenig weg zu dösen. Denn plötzlich schreckte er hoch. Die Tür ging auf und ein Beamter stand in der Tür. Er hatte ein Tablett in der Hand.

„Ihr Mittagessen Herr Culpepper“, kam es spartanisch, aber freundlich von dem Beamten. Ethan wusste, dass hier einige verschiedene Mitarbeiter arbeiteten und er sie nicht alle kennenlernen möchte. Er nahm ihm das Tablett ab und setzte sich an den Tisch.

Es gab ein knasttypisches Essen. Etwas Hackbraten mit Gemüse und Kartoffeln. Zum Nachtisch lag ein Apfel auf dem Tablett. Den wollte er sich für später aufbewahren.

Seine Tür stand offen. Ethan sah, dass sich auf dem Flur etwas tat. Er stand auf und ließ das Tablett auf dem Tisch stehen.

Während er auf den Flur schaute, atmete er noch einmal durch. Seinen Trenchcoat hatte er nicht mitgenommen. Und nun fühlte er sich fast schon nackt. Auch fehlte ihm sein Schulterholster. Ein komisches Gefühl ging durch seinen Körper.

Ethan straffte seinen Körper und trat selbstbewusst aus seiner Zelle. Er schaute sich um und sah die verschiedenen Männer jeden Alters. Einige rauchten in einer Ecke. Andere lehnten sich nur an die Wand und unterhielten sich. Zwei Beamte standen jeweils an einem Ende des zehn Meter langem Flures.

Der frisch Inhaftierte ging auf einen der Leute zu. Er stand alleine und rauchte. Doch als Ethan ihn begrüßte,drehte dieser sich schüchtern um.

Ethan versuchte es bei einem anderen Mithäftling. Er wirkte nicht freundlicher, aber drehte er sich nicht gleich weg.

„Hey“, sagte Ethan, „Ich bin neu und wollte zum Shop.“

Der bullige Typ reagierte kaum. Er hob nur den Arm und zeigte in eine Richtung. Ethan drehte sich um und bedankte sich.

An einer Zelle herrschte reges Treiben und Ethan fand dort den kleinen Einkaufsladen. Oder besser noch, eine acht Quadratmeter kleine Beschaffungsstelle. Die Männer kauften hauptsächlich Zigaretten und Getränke.

Ethan suchte sich einige Riegel und Wasser im sechser Pack aus. Ein Schließer war ebenfalls im Raum und beobachtete das Treiben, schritt aber nicht ein. Einer der Insassen kassierte die Ware. Als Ethan bezahlen wollte, schaute ihn der alte Mann an.

„Oh, ein neues Gesicht“, grinste der Mann mit grauem Bart.

„Ja, gerade heute angekommen“, nickte Ethan freundlich, „Was bekommst du?“

„Willste kein Apfelsaft nehmen?“ Der Mann schaute Ethan mit schiefem Kopf an. Doch dieser schüttelte nur den Kopf. Er nannte seinen Namen, damit der ältere Mann sich das notieren konnte und ging zurück in seine

Zelle. Über den Kommentar wegen dem Apfelsaft dachte der Häftling nicht weiter nach. Er sah einige, die sich kleine Flaschen Apfelsaft kaufen.

Ethan verstaute die Sachen im Schrank und nahm sich den Apfel zur Hand. Er ging zurück in den Flur und biss ganz lässig vom Apfel ab. Ethan schaute sich weiter um und musste irgendwie versuchen Dragan zu finden und Kontakt aufzunehmen.

Er ging zu dem bulligen Typ hin, der ihm zumindest die Richtung zum Shop gezeigt hatte. Wieder biss er vom Apfel ab und nickte dem Typen freundlich zu. Die Miene vom Bulligen war wie versteinert.

„Und, was geht hier so?“, fragte Ethan, als er direkt vor ihm stand. Der Typ hatte die Arme vor der Brust verschränkt und tastete Ethan von oben nach unten mit den Augen ab. Reden tat er nicht.

„Verschwinde“, war alles, was der bullige Häftling sagte. An diesem einen Wort konnte Ethan erkennen, das er einen russischen Akzent hatte.

„Okay, dann gehe ich einfach weiter.“ Ethan ging an dem Mann vorbei. Doch weit kam er nicht.

Ein weiterer Insasse, der hinter dem bulligen Typen stand, hob die rechte Hand und stoppte Ethan auf seinem Weg.

„Nicht hier lang“, sagte der kleinere Mann. Hinter Ethan stand der bullige Typ.

„Warum nicht?“, fragte Ethan unscheinbar.

„Weil du hier nichts zu suchen hast“, brummte es von hinten.

Ethans Blick fiel auf den einen Schließer, der das ganze zwar wahrnahm, aber ruhig blieb. Er schaute wieder auf sein Gegenüber. Dieser grinste nur: „Der Schließer wird dir auch nicht helfen können.“

„Das glaube ich gern. Aber ich möchte trotzdem hier entlang“, kam selbstbewusst von Ethan. Er machte einen schnellen Schritt zur Seite und ging einfach los. Dass er die Schulter des kleineren Mannes stupste, war Absicht. Nach weiteren zwei Schritten sah er in den offenen Aufenthaltsraum, an dem einige Leute saßen und zusammen tranken. Mehr sah er nicht, da er festgehalten und zurück gezerrt wurde.

Der bullige Typ griff sich den neuen Häftling. Ethan konnte gerade noch erkennen, wie zwei weitere Männer aus der Zelle kamen und einer holte sofort zu einem Faustschlag aus. Er wurde ins Gesicht getroffen. Ein weiterer Schlag ging in die Magengegend. Ethan wollte zum Gegenschlag ausholen, doch gegen vier Männer auf einen Schlag konnte er nichts ausrichten.

Kapitel 11

Der Gefangene schlug die Augen auf. Sofort schoss ihm dieser Schmerz in den Kopf. Die Augen kniff er wieder zu. Mit Hilfe seiner Hände wollte er sich bewegen, doch ging dies nur eingeschränkt. Die rechte war fixiert, dafür war die linke frei und er fuhr mit der Handfläche übers Gesicht. Erneut versuchte er die Augen zu öffnen. Er lag in einem für ihn fremden Bett. Den Raum, in dem er war, kannte er nicht. Ethan stöhnte auf. Sein Mund war trocken und sein Körper schmerzte von den Schlägen, die er bekommen hatte.

Ein Mann in weiss trat an sein Bett und sprach ihn an: „Herr Culpepper? Wie geht es Ihnen?“

Ethan schaute den Mann an und verzerrte das Gesicht. Er wollte antworten, aber der Mund war so trocken, das nur Bruchstücke herauskamen.

„Wasser“, verstand der Arzt und hielt dem Verletzten eine Schnabeltasse an den Mund. „Sie haben sich 'ne Gehirnerschütterung und ein blaues Auge eingefangen, sowie die Rippen linksseitig geprellt. Ich gebe Ihnen Schmerzmittel mit und dann kommen Sie zurück in ihre Zelle. Ich gebe den Wärtern Bescheid.“

Ethan bekam ein Schmerzmittel gespritzt, sowie Tabletten in die Hand gedrückt. Ethan sah sich die

Blister an. Es waren harmlose Kopfschmerztabletten, die sicher nicht gegen solch starke Schmerzen helfen würden. Doch waren andere Tabletten nicht erlaubt im Knast. Etwa eine halbe Stunde später kam einer der Justizbeamten, um ihn in seine Zelle zurückzubringen. Ethan brauchte einen Moment, bis er aufrecht stand, geschweige denn laufen konnte. Doch bis sie im Trakt C waren, hatte er sich eingelaufen. Zwar schmerzte es noch, aber Ethan biss die Zähne zusammen und war froh, als er in der Zelle war und sich wieder hinlegen konnte. Hunger hatte er keinen, auch wenn auf dem Tisch etwas zu essen stand. Was, war ihm völlig egal.

Er schlief ein und wachte erst auf, als einer der Insassen ihn schüttelte. Ethan zuckte vor Schreck zusammen. Sofort schmerzten seine Rippen wieder und er krümmte sich.

„Hey. Ganz ruhig“, versuchte der Insasse ihn zu beruhigen. Er hielt seine Hände unschuldig in die Höhe und richtete sich auf. „Ich wollte nur schauen, ob es dir gut geht.“

„Ja. Es geht mir super“, stöhnte Ethan und versuchte sich aufzurichten.

„Du musst vorsichtig sein“, nickte der junge Mann vor ihm. Erst jetzt erkannte Ethan den Mann. Es war der, der sich zuerst von ihm abgewendet hatte.

„Danke, das habe ich bemerkt. Ich bin Ethan", nickte der Verletzte.

„Stefan", sagte der Mann freundlich, doch noch immer mit ernster Miene. Er half Ethan hoch. Dieser streckte sich vorsichtig und schaute sich um. Der Schlaf hatte ihm gut getan und er bekam Hunger. Brot und Aufschnitt standen noch auf dem Tisch, über das Ethan sich gierig her machte.

„Bekommt man hier überhaupt Kaffee?", fragte Ethan, bevor er sich den nächsten Bissen gönnte.

„Ja, im Shop. Mich haben sie auch vor einer Weile verprügelt. Seitdem halte ich mich weitestgehend zurück", erklärte Stefan. Ein kleiner, unscheinbarer Mann. Ethan schätzte ihn auf Mitte Zwanzig.

„Das habe ich bemerkt, aber ich muss nochmal dahin", nickte Ethan. Er stand auf und verließ die Zelle. Stefan folgte ihm und wirkte nervös. „Nicht, das würde ich dir nicht empfehlen." Stefan wirkte eingeschüchtert, doch Ethan war fest entschlossen, noch einmal in Dragans Reich zu gehen.

Wieder standen dort die üblichen Aufpasser vor dem Aufenthaltsraum. Stefan zuckte gleich zurück, als er den bulligen Typen sah. Noch einmal griff er Ethans Schulter und ermahnte ihn: „Lass das sein. Gegen Vladi kommst du nicht gegen an."

Ethan verstand zwar die Worte, doch lies er sich nicht beeindrucken. Er trat Vladi gegenüber und schaute ihm ins Gesicht. Einige Sekunden schauten sich beide in die Augen.

„Willst du noch ne Abreibung?“, fragte Vladi in seinem typischen Akzent.

„Nein danke“, nickte Ethan, „Ich wollte mich nur bedanken.“

„Wofür?“, staunte der bullige Typ nur.

„Für die Schmerzen und das blaue Auge.“

„Das war ich nicht. Ich habe dich nur dran gehindert, weiter zu gehen.“ Vladi stemmte seine Hände seitlich an die Hüften. Er nahm an, das der Häftling noch nicht genug hatte. „Wenn ich dich zwischen meine Hände bekommen hätte, dann würdest du länger auf der Krankenstation liegen“, grinste Vladi.

„Das glaube ich gern“, stimmte Ethan ihm zu, „Wer war denn der Glückliche, der zugeschlagen hat?“

Vladi zuckte nur mit den Schultern. Er wusste es zwar, aber wollte die Jungs im Nebenraum nicht stören.

Doch Ethan lies nicht locker. „Dann lass mich vorbei und ich finde ihn selbst.“ Er machte einen vorsichtigen Schritt zur Seite, doch Vladi reagierte diesmal und stellte sich erneut in den Weg.

„Stue“, rief er und aus dem Raum kam etwas verzögert ein „Ja“.

„Hier will sich jemand bei dir bedanken“, grinste Vladi und schaute dabei schadenfroh in Ethans Gesicht.

„Wer?“, kam eine junge Stimme und ein kräftig gebauter Mann trat neben Vladi. Im Gegensatz zu Vladi, der dunkle kurze Haare mit leichtem Grauansatz und Bart hatte, war Stue kahl rasiert und hatte einige Tattoos.

„Was willst du?“, kam es streng von Stue.

„Mich bedanken und einmal in das Gesicht sehen, dem ich die Schmerzen verdanke“, kam es sehr ernst von Ethan.

Stue grinste nur: „Willste noch 'ne Abreibung?“ Er ballte die Fäuste und war zu allem bereit.

Ethan blieb ruhig. Einen Blick zum Schließer machte er diesmal lieber nicht. Er musste es riskieren, um in diese Gruppe zu kommen. Doch hatte er eigentlich genug Schmerzen für heute. Er atmete einmal tief ein und merkte die Rippen auf seiner linken Seite.

„Stue!“, rief eine männliche Stimme aus dem Raum. Ethan konnte nicht einsehen, wer da rief. Die Situation war angespannt, aber dieses Mal mischte sich der Uniformierte ein.

„Auseinander!“, schrie er und kam mit schnellen Schritten auf die Streitenden zu. Er stieß die Inhaftierten mit den Händen auseinander und drückte sie von einander weg. „Nicht noch eine Schlägerei heute“, kam es ernst von dem Mann. Ethan und auch Stue gingen zurück, aber ohne das sich ihre Blicke verloren.

„Stue!“, kam erneut ein Ruf aus dem Raum.

„Was?“, schrie Stue genervt und sauer.

„Lass ihn rein“, hörte Ethan nur und er merkte, dass es Stue überhaupt nicht gefiel.

„Warum?“ Man konnte fast sehen, wie Stue vor Wut schäumte.

„Mach es besser“, mischte sich nun auch noch der Wärter dazwischen. Er drückte Stue weiter zurück gegen die Wand. Seine Hand drückte die ganze Zeit auf den Brustkorb des inhaftierten. „Beruhige dich endlich. Sonst kommst du für den Rest des Tages in deine Zelle.“ Stue schaute vom Schließer zum neuen Häftling. Er sah, wie der Typ weiter in Richtung Aufenthaltsraum ging und er wusste, dass er sich beruhigen musste. Stue atmete tief ein und nickte dem Wärter zu.

Ethan wartete einen Augenblick, bis er sah, dass sich Stue beruhigte. Dann ging er ruhig in den Aufenthaltsraum.

Der Raum war deutlich größer als seine Zelle. Einige Tische mit Bänken waren im Raum verteilt. Die Gang, etwa sechs Leute saßen an einem und starrten ihn an. Hinten an der kurzen Seite war eine Einbauküche eingebaut. Kaffeemaschine, Wasserkocher und sogar eine Mikrowelle standen auf der Ablage. Ethan freute es, denn so konnte er sich im Laden Instandkaffee kaufen und nachmittags einen Kaffee trinken. Ein Regal mit Zeitschriften und Büchern fand er auch super.

Doch schnell holte ihn die Gegenwart wieder ein. Aus der Gang löste sich einer und kam zu Ethan rüber. Ethan drehte sich um und sah, dass auch Vladi mit in den Raum kam. Stue setzte sich angespannt an den Tisch zu seinen Kumpels.

„Wer bist du?“, fragte der Typ, der auf Ethan zugekommen war. Er blieb direkt vor ihm stehen. Etwa einen halben Kopf größer war der schmale und doch kräftige Mann.

„Ethan Culpepper“, sagte er mit einiger Verzögerung. Es fiel ihm immer noch schwer, in diese Rolle zu schlüpfen. Er war kein Schauspieler, der sich schnell in andere Rollen hinein versetzten konnte.

Einer der Gefangenen in der Gruppe lachte auf. „Ist ein Engländer“, sagte er belustigend.

„Komm näher“, befahl ein anderer. Ethan wusste, dass das Dragan sein musste. Er kannte das Gesicht von der Akte auf dem Revier.

Ernst schaute er sein Gegenüber an. Er machte einen festen Schritt zur Seite und ließ den Mann nicht aus den Augen. Sein Kopf drehte sich über seine Schulter zu dem Mann, bevor er zu der Gruppe ging.

Lässig und cool versuchte er selbstbewusst zu gehen. Auch wenn bei jedem Schritt die Rippen schmerzten. Etwa zwei Meter vor der Gruppe blieb er stehen und schaute Dragan ins Gesicht. Er wagte es nicht zu blinzeln. Die grünen Augen stachen Dragan direkt an.

Der Wärter draußen hatte wohl Verstärkung gerufen, denn gerade in dem Moment kamen drei weitere Uniformierte rein. Die Anspannung war auf dem Höhepunkt.

„Bist du Engländer?“, wollte Dragan wissen. Auch er hatte gesehen, dass die Wärter im Raum standen. Somit entschärfte er die Situation mit der Frage. Die Stimme war tief und durchdringend. Ein furchteinflößender Mann, dachte Ethan.

„Nein, meine Eltern sind Engländer. Ich bin in Deutschland geboren und aufgewachsen.“ Ethan verschränkte die Arme vor der Brust.

„Warum bist du hier?“, fragte Dragan den Mann weiter.

„Ich warte auf meinen Prozess“, presste Ethan heraus.

Dragan lacht auf. „Das tun wir alle hier. Also was?“

„Also ein Auto habe ich nicht gestohlen.“

Vladi ballte seine Faust und drohte Ethan, doch bevor er zuschlagen konnte, antwortete Ethan. „Betrug und Körperverletzung.“ Die Wärter schritten näher ran und trennten die Leute mit lauten Ansagen. Auch eine Frau war unter den Beamten.

Dragan lachte auf. „Mehr nicht. Ha Ha. Das gefällt mir.“

Ethan wurde aus dem Raum gebracht. Er gab nach und mischte sich unter andere Häftlinge, die ebenfalls im Shop einkauften. Er brauchte Kaffee und noch einige Kleinigkeiten.

Kapitel 12

Julia kam zu ihrer Spätschicht in die Bäckerei am Bahnhof. Sie begrüßte nur kurz ihre zwei Kolleginnen, die die Kundschaft bedienten. Hinten gab es einen kleinen Aufenthaltsraum, in dem sie einen Spind hatte. Als sie sich zurecht gemacht hatte, begab sie sich hinter den Tresen zu ihren beiden Kolleginnen. Sie wusch sich wie gewohnt die Hände und sprach dabei mit Sarah.

„Hey Sarah. War viel los heute Vormittag?“

„Na Kleines“, lächelte sie die ältere Kollegin an, „Na ja, es geht so. Bin froh, wenn ich gleich Schluss habe.“

Julia grinste: „Ja, das glaube ich dir. Ich freue mich auch, wenn meine Schicht um ist. Sage mal, war heute morgen dieser süße Typ da?“ Sarah schaute sie mit schiefem Kopf an. „Na du weißt doch, der Hübsche im schwarzen Trenchcoat“, erklärte Julia noch einmal genauer.

„Ach, der Typ“, grinste Sarah los, „Nee, leider nicht.“

Enttäuscht senkte Julia den Kopf. Sie hatte sich erhofft, dass er wiederkommen würde. Sollte sich ihr Eindruck getäuscht haben, dass auch er sich vielleicht in sie verguckt hatte? Ein älterer Herr kam in den Laden und Julia bediente ihn auf ihre gewohnte nette Art. Als der Mann seine Brötchentüte nahm und den Laden verließ, trat Sarah wieder an sie heran.

„Hast du dich so richtig in den verguckt?“

Julia lächelte verlegen, „Na ja, er sprach mir schon recht zu. Einerseits machte er einen netten Eindruck, aber dennoch hatte er so etwas Geheimnisvolles.“

Sarah sah sie an. „Nun ja, ich habe ihn nur einmal gesehen. Meinen Geschmack trifft er nicht, aber du bist ja auch einige Jahre jünger.“ Sie wischte sanft Julias Schulter und nickte ihr zu.

Aber Julia machte es kaum Mut. Sie atmete tief durch und versuchte sich auf die Arbeit zu konzentrieren. Das lenkte sie hoffentlich ab. Zu ihrer Freude kamen einige Schüler herein, die schnell bedient werden wollten. Auch danach kamen mehrere Damen herein, die sich verabredet hatten. Julia brachte ihnen auf einem Tablett mehrere Becher Kaffee zum Tisch.

Die Beamten Dennis Harms und Andreas Berger machten gerade eine Pause auf dem Parkplatz eines Discounters im Grambeker Weg. Sie hatten sich etwas Gebäck aus dem Laden geholt.

Nebeneinander standen sie angelehnt an ihrem Dienstwagen und verputzten die Backwaren.

„Sag mal Andi, was glaubst du? Wie bekomme ich Annika dazu, mit mir auszugehen?“, fragte Harms, bevor er wieder von seinem Berliner abbiss.

Andreas Berger grinste kurz. „Ich glaube kaum, dass du das in diesem Leben noch hinbekommst.“

„Warum?“, schaute Harms seinen Kollegen ernsthaft an. Er stopfte sich das letzte Stück Gebäck in den Mund und wartete auf eine ehrliche Antwort.

Doch Berger kämpfte mit seiner Quarktasche. Deren Inhalt auf seine Hand lief. Er versuchte zu vermeiden, dass die Quarkmasse auf seine Uniform kleckerte. Harms lachte und holte aus dem Kofferraum die Reinigungstücher, die sie immer dabei hatten. Auch er nahm sich eines, um seine Finger zu reinigen. Berger hatte es geschafft, sich nicht zu bekleckern. Trotzdem nahm er sich eines der Tücher aus der Packung, die sein Kollege ihm reichte.

„Weil ich denke, dass sie einfach nicht auf dich steht“, antwortete Berger einen Moment später. „Vielleicht solltest du sie eher in Ruhe lassen und abwarten.“

„Meinst du? Aber wenn sie...“ Harms stockte mitten im Satz und Berger blickte ihn an.

„Aber wenn sie was?“, forderte er eine Beendigung des Satzes.

Harms überlegte und schaute etwas eingeschüchtert. „Was wenn sie sich einen anderen nimmt?“

„Dann suchst du dir 'ne Andere“, zuckte Andreas mit den Schultern.

„Na, du hast gut reden. Bist verheiratet und glücklich. Ich sehe immer nur überall Paare, wie sie zusammen einkaufen oder..“ Er deutete zu einem jungen Paar, das seine Einkäufe in ihren Wagen packte. „Oder Paare, die verliebt und Händchen haltend spazieren gehen.“ Er hörte sich verzweifelt an und Berger musste unweigerlich grinsen.

„Oder der Chef, wie er seine Freundin verabschiedet“, fügte der Beamte Berger hinzu. Er und auch Harms erinnerten sich, wie sie zu einem Waldstück gerufen wurden, wegen eines Leichenfundes. Dort trafen sie auf den neuen Revierleiter Niklas Harvey und er hatte seine Geliebte dabei, die Harms auf Anhieb gefiel.

Nun grinsten beide. „Ja, die war auch heiß“, nickte Dennis seinem Kollegen zu. Er verschränkte die Arme vor seiner Brust und schaute in die Ferne.

„Ich finde aber, das Harvey einiges durcheinander bringt. Warum sollen wir plötzlich einen Mord aufklären und uns um Dinge kümmern, für die wir gar nicht zuständig sind.“

„Ja, warum können wir uns nicht einfach um die kleinen Dinge hier kümmern", bestätigte Dennis ihn.

Einen Moment herrschte Stille und jeder war in seinen Gedanken versunken. Plötzlich und unerwartet schreckte Berger auf und hatte eine Idee.

„Komm", holte er Dennis aus seinen Gedanken, „Ich habe da eine gute Idee, wie wir beides verbinden können." Der Beamte ging um den Dienstwagen herum und wollte sich auf den Beifahrerseite setzen.

Dennis war irritiert, aber er folgte den Anweisungen seines Kollegen. Er nahm hinter dem Steuer Platz, aber startete den Motor nicht.

„Was willst du beides verbinden?", kam es neugierig vom Fahrer.

„Na", begann Berger und schnallte sich an, „Dass du eine Freundin findest und das wir etwas gegen Harvey tun."

„Ich höre", kam nur von Dennis.

Kapitel 13

In der Justizvollzugsanstalt ging der Alltag weiter. Ethan hielt sich zwar zurück, doch hatte er nun Zugang zum Aufenthaltsraum. Vladi stand zwar immer noch an der Tür Wache, doch Ethan grüßte freundlich und ging mit seinem Instandkaffee in der Hand einfach an dem bulligen Typen vorbei und machte sich in der Küche einen Kaffee.

Die Jungs saßen wie immer am Tisch und spielten Karten. Zuerst hatten sie sich noch umgedreht, als Ethan den Raum betrat, doch inzwischen beachteten sie ihn nicht mehr. Sie lachten und diskutierten über harmlose Dinge. Doch Ethan wusste, dass es nicht so war. Er goss sich das heiße Wasser in die Tasse und stellte sich ein wenig abseits von der Gesellschaft. Der Häftling beobachtete die Jungs und versuchte einen kleinen Schluck zu trinken. Dieser war natürlich noch viel zu heiß.

„Was willst du?“, fragte Dragan nach einer Weile und schaute ihn an. Ethan wusste, dass er störte, doch war es ihm egal.

„Darf ich mitspielen?“, reagierte er locker.

Einige lachten auf, aber Dragan blieb ernst. „Was heißt hier, darf ich mitspielen? Das ist hier kein Kindergarten."

„Das ist mir klar, aber ich würde erst mal wissen, mit wem ich spreche?"

Der Typ stand auf und kam auf den Häftling zu. Ihre Blicke unterbrachen sich keine Sekunde. Alle schauten zu und die Spannung stieg. Ethan wusste nicht, was Dragan machen würde.

„Dragan", sagte der Insasse und reichte Ethan die Hand.

Ethan nahm die Hand an. Doch wirkte dieser Handschlag recht kalt und eisern.

„Wo kommt der Name her? Kroatisch?", fragte Ethan, der natürlich wusste, wo Dragan her kam. Er war etwa einen halben Kopf größer als der Kommissar in spe. Dunkle Haut und schwarze, kurze Haare. Sein Blick war sehr düster und Ethan erkannte, dass er kein Kleinkrimineller war.

„Serbokroatisch, aber ich bin Deutscher", antwortete Dragan. Sie blickten sich einen Moment an. Es lag eine Art Anspannung in der Luft und Ethan dachte, dass es gleich krachen würde. Er merkte, wie Dragan ihn scannte. Sein Kopf pochte und er versuchte keine Schwäche zu zeigen.

„Stue!“, rief Dragan ohne den Blick von Ethan zu richten, „Steh auf und lass unseren Engländer Platz nehmen.“

Dragan wendete sich von dem neuen Häftling ab und setzte sich wieder. Ethan nahm skeptisch und vorsichtig Platz. Sie spielten Skat und die Situation entspannte sich scheinbar.

Die nächsten Tage im Knast vergingen entspannt. Ethan hasste die Zeit der Stille in seiner Zelle. Einige Zeitschriften, die schon einige Male gelesen wurden, hatte Ethan sich mit in die Zelle genommen, doch konnten sie die Stille nicht verhindern. Er vermisste die Dienstfahrten mit Nick und erst recht die Unterhaltungen mit ihm.

Ethan verbrachte jetzt öfters Zeit mit den Jungs. Doch wusste er noch immer nicht, ob Dragan etwas mit dem Suizid von Miriam Kähler zu tun gehabt hatte.

An einem Vormittag versuchte er deshalb Näheres herauszufinden.

„Hey Dragan. Hast du überhaupt eine Freundin?“, fragte er, als er neben Dragan saß und Stue die Karten neu mischte.

Alle blickten Ethan an. Niemand sagte etwas. Auch Dragan blickte düster und antwortete Sekunden später. „Du stellst ganz schön viele Fragen, Engländer. Warum kümmerst du dich nicht, wie alle hier, um deinen Prozess, dein Leben und deine Zukunft?“

„Richtig“, antwortete Vladi, „Auch raucht und trinkt er nicht. Bist du vielleicht ein Bulle?“ Vladi kam näher und drohte dem Engländer. Ethan stand auf und stellte sich Vladi in den Weg.

„Nur weil ich nicht zum Alkohol greife und nicht an der Zigarette hänge, bin ich ein verdammter Bulle?“ Vladi lachte und drückte seine Brust heraus. Er machte sich groß, um zu beeindrucken.

Dragan und die anderen Jungs stellten sich zu den Beiden. Es drohte neuer Ärger, was die Schließer zuerst nicht mitbekamen.

„Trink das!“, verlangte Stue plötzlich. Er hielt Ethan einen Becher hin. Es stank fürchterlich und der Engländer rümpfte die Nase. Was es war, wusste er nicht, aber es konnte nicht lecker sein. Vielleicht hatte man es als Aschenbecher missbraucht.

„Trink es!“, kam nun auch von Dragan und auch Vladi nickte dem Engländer ernst zu.

Ethan blieb hart und machte keine Anstalten, dieses widerliche Getränk zu trinken.

„Lieber nehme ich eine Zigarette“, behauptete Ethan und sah sein Gegenüber an.

„Du trinkst das jetzt!“, flüsterte Vladi bedrohlich, „Schnell, bevor die Wärter kommen.“

Ethan kniff die Lippen aufeinander und schüttelte den Kopf. „Nein“, sagte er voller Überzeugung.

In einer einzigen schnellen Sekunde packte Vladi den Engländer am Kragen und wuchtete ihn auf den Tisch. Einige hielten Ethan fest und Stue versuchte ihm das Getränk einzuflößen. Einer der Wärter schaute rein, doch Dragan schickte ihn wieder raus.

Stue hielt Ethan die Nase zu, als er ihm das stinkende Etwas in den Mund gegossen hatte.

„Schluck endlich“, flüsterte er dem Häftling ins Ohr. Ethan tat endlich, was Stue von ihm wollte, doch gleichzeitig wehrte er sich auch. Als der Druck der anderen nachgab, knallte Ethan seine Rechte in das Gesicht von Stue. Er erhob sich vom Tisch und wehrte sich weiter gegen die Anderen.

„Verdammt“, stöhnte Stue auf, „Ihr sollt ihn doch festhalten.“ Er hielt sich das Gesicht und stolperte rückwärts.

Ethan bemerkte, wie die Flüssigkeit in seinem Magen Unwohlsein auslöste. Seine Kehle brannte und er dachte, dass er sich gleich übergeben müsste. Doch er musste durchhalten. Er griff sich einen Arm, der in der Nähe war und zog ihn zu sich. Sein Plan war, den Typen vor sich zu halten und so die Schläge der anderen abzuhalten. Doch das misslang ihm, da ihm schwindelig wurde. In seinem Kopf fing es an sich zu drehen und er verlor die Orientierung.

Vladi ging vor, zog den Häftling vor Ethan zur Seite und schlug kräftig zu. Ethan flog zur Seite und stieß mit dem Kopf gegen die Tischkante. Er blieb regungslos liegen. Erst jetzt gab Dragan die Wärter frei. Er hatte hier das Sagen und das wussten alle. Nur der Engländer und jeder, der neu in den Trakt kam, wusste es noch nicht. Dieses würden sie alle aber erst noch zu spüren bekommen.

Alle Häftlinge wurden mit lautem Gebrüll in ihre Zellen gebracht. Eine Beamtin kümmerte sich um den Bewusstlosen. Er hatte eine Platzwunde an der Stirn. Sein Puls war erhöht, aber zumindest vorhanden und sie gab per Funk der Zentrale Bescheid.

Berger und Harms waren unterwegs bei ihren Routinerunden in der Stadt Mölln.

„Ich habe über deinen Plan nachgedacht Andi“, begann Dennis, als sein Kollege durch die Altstadt fuhr.

„Und wie findest du ihn?“, lächelte Andreas Berger. Er steuerte den Dienstwagen durch die Straßen und sah sich dabei immer mal wieder um. Er beobachtete nebenbei die Fußgänger.

„Ich weiß nicht. Was wenn..."

„Nichts wenn!", unterbrach ihn Andreas, „Das bekommen wir schon hin. Vertrau mir."

„Du hast gut reden. Du hast eine tolle Frau, Kinder und ein schönes Haus", stöhnte der Beifahrer.

„Ja sicher. Aber das kannst du doch auch haben. Vertrau mir", nickte der Fahrer nur und fuhr den Wagen an der Ampel an. Sie bogen ab Richtung ZOB, als ein Funkspruch ertönte.

Es kam ein Einsatz wegen eines vermutlichen Einbruchs im Wasserkrüger Weg rein. Sie schalteten das Martinshorn an und fuhren am Bahnhof vorbei. Berger steuerte den Dienstwagen gekonnt durch die Straßen Möllns. Er bog in die Brauerstraße ab und war schnell im Wasserkrüger Weg angekommen. Diese Straße war eine der bekanntesten, großen Straßen von Mölln. Berger lenkte den Wagen in Richtung der Waldstadt und sie waren dank der Sonderrechte schnell an der Adresse. Die Beamten stiegen aus, richteten ihre Mützen und gingen in Ruhe in die Richtung des Mehrfamilienhauses. Sie waren gespannt, was sie erwartete.

In der JVA auf der Krankenstation erwachte der Häftling langsam. Die Kopfschmerzen waren unerträglich und er stöhnte auf.

„Na, sie kommen wohl gerne auf die Krankenstation“, grinste der Arzt und überprüfte den Tropf von dem der Verletzte Flüssigkeit bekam. Der Engländer stöhnte erneut auf.

„Wasser?“, fragte der Arzt als er sah, das der Mann im Bett mit der Zunge über die Lippen leckte.

Dieser nickte vorsichtig und nahm das Nass gerne an.

„Herr Culpepper. Sie haben eine kräftige Beule am Kopf bekommen und eine schwere Gehirnerschütterung. Sie haben vorerst Bettruhe und ich werde sie gleich nochmal neurologisch untersuchen.“

Der Häftling wollte sich aufrichten, doch pochte sein Kopf zu sehr und Schwindel zwang ihn, sich wieder hinzulegen.

„Keine gute Idee. Bleiben Sie einfach liegen“, beruhigte der Arzt und schlug die Decke zur Seite.

Der Verletzte wurde untersucht. Der Arzt war zufrieden. Er blieb eine Nacht auf der Station, doch am nächsten Tag musste er zurück in seine Zelle. Der Weg war ein Kampf. Er war froh, als er in seiner Zelle angekommen war und das Pochen in seinem Kopf etwas nachließ. Das Schließen der Tür und das anschließende Abschließen war die Hölle für seinen Kopf.

Die Polizeibeamten Harms und Berger kamen entspannt aus dem Gebäude des Mehrfamilienhauses. Erst als sie im Wagen saßen, schmunzelten sie über den vermutlichen Einbruch.

„Wer konnte denn ahnen, das ihr Mann früher nach Hause kommt und gleich ein Bad nimmt."

„Ja", nickte Harms, „Die war ganz schön erschrocken, als sie die Haustür öffnete und das Wasser rauschen hörte."

Berger lachte auf und lenkte den Wagen zurück auf die Straße, „Aber die Klamotten, die mitten im Flur lagen, hatten ihr ganz schön Angst gemacht."

„Na, zum Glück hat sich das ja schnell erledigt. Soll ich uns wieder bei Heinrich melden?"

„Noch nicht", hielt Berger ihn auf, „Ich will dir vorher noch was zeigen."

Sie fuhren durch die Stadt und Harms wurde neugierig. Doch sein Partner Andreas sagte nichts, bis sie an einer kleinen Doppelhaushälfte anhielten.

„Schau mal. Wie wäre es mit dieser Haushälfte."

„Warum? Ich lebe doch ganz gut in meiner Mietwohnung."

„Ja sicher", nickte Andreas, „Aber wenn du Eigentum hast, kannst du die Frauen viel besser beeindrucken und bei deinem Gehalt müsstest du dir doch so ein hübsches Haus leisten können."

„Aber dann muss ich mich um so viele Dinge kümmern. Alleine draußen! Der ganze Garten", argumentierte Dennis mit seinem Kollegen weiter.

In der JVA begann die Verteilung des Mittagessen und die Insassen durften sich innerhalb des Traktes bewegen. Auch in der Zelle des Verletzten kam Bewegung hinein. Stue besuchte ihn und stand lächelnd nur da und beobachtete den Mann im Bett. Er hatte seine Arme vor seiner Brust verschränkt und stand lässig mit zu Schlitzen geformten Augen vor ihm.

„Was grinst du so bescheuert?", fragte der Verletzte und rieb sich mit der Hand übers Gesicht. Dadurch bemerkte er das große Pflaster auf der Stirn. Darunter fühlte er die dicke Beule. Langsam und mit einem Stöhnen setzte er sich auf.

„Dragan will wissen, ob es dem Engländer gut geht", sagte der kleine Häftling nur und trat einen Schritt zurück.

„Dann kannste Dragan ausrichten, dass der Engländer noch lebt“, stöhnte er heraus.

„Er will dich sehen“, behauptete Stue.

„Dann soll er herkommen.“

„Er wartet im Aufenthaltsraum auf dich. Komm“, forderte er ihn auf.

„Boa Dicker. Hetz mal nicht so. Haste 'ne Zigarette für mich?“ Er versuchte seine Schmerzen zu kontrollieren, doch es wurde nicht besser.

„Ne Zigarette?“, wunderte sich der Häftling. Er zückte aus seiner hinteren Hosentasche 'ne Packung und reichte eine Zigarette rüber. Er half noch beim Anzünden und sah dem Ganzen zu.

Der Verletzte zog an der Zigarette und hustete heftig. „Boa, das brauchte ich jetzt“, sagte er nach dem Husten und zog gleich ein zweites Mal. „Ich bin in zehn Minuten da“, nickte er und hoffte, dass ihm nicht übel wurde. Stue ging hinaus und richtete Dragan die Nachricht aus.

Am späten Nachmittag kam ein Justizbeamter in den Aufenthaltsraum.

„Herr Culpepper. Sie haben Besuch“, sagte er zu der Gruppe, die angeregt Karten spielten.

„Ethan“, lachte Stue auf, „Das ist bestimmt deine Freundin.“

Ethan stand auf und kam mit einer Kippe zwischen den Lippen auf den Wärter zu.

„Die Kippe aus“, befahl der Mann. Der Engländer gab Vladi die Zigarette, die noch nicht ganz aufgeraucht war.

In einem der Besucherräume saß Hauptkommissar Niklas Harvey auf einem der zwei Stühle und wartete. Er hatte einen Anruf des Leiters der Anstalt bekommen, dass es eine heftige Prügelei gegeben hatte und der Insasse eine schwere Kopfverletzung bekommen hatte. Nun wollte Nick seinen Partner besuchen und nach den Ermittlungen fragen.

Als Ethan mit einem Uniformierten herein kam, war Nick erschrocken über den Zustand seines Partners. Ein weißes Pflaster auf der Stirn und ein blaues Auge zierten Ethan deutlich.

„Herr Culpepper. Nehmen Sie bitte Platz und keine Annäherungen“, sagte der Beamte und stellte sich im selben Raum neben die Tür. Er beobachtete das Treffen.

„Hey Ethan. Du siehst echt scheiße aus“, sagte Nick mit besorgtem Gesicht.

Der Häftling schaute sein Gegenüber grimmig an. „Was wollen Sie?“, kam scharf von ihm.

„Ich wollte fragen, ob du schon etwas herausgefunden hast?“, flüsterte Nick.

„Ich weiß nicht was Sie wollen. Wissen Sie schon wann mein Prozess ist?“

Nick war irritiert. „Nein“, schüttelte der Hauptkommissar den Kopf, „Ethan, ich wollte doch nur schauen, wie es dir geht.“

Der Häftling schnaufte etwas und richtete sich auf dem Stuhl auf. „Warum wollen Sie wissen wie es mir geht? Ich bin hier, weil ich Ausweise fälsche und sie haben mich hier hergebracht. Und nun warte ich auf meinen Prozess.“

„Ja, ich weiß Ethan, aber ich wollte nach Dragan fragen?“, versuchte Nick es noch einmal.

„Sie können mich mal. Ich weiß nicht was Sie wollen“, sagte Ethan deutlich lauter und auch der Wärter horchte nun auf.

Nick überlegte einen Moment, da er das Verhalten seines Kollegen nicht nachvollziehen konnte.

„Warum duzen Sie mich überhaupt? Haben Sie mir Kippen mitgebracht?“, fragte Ethan, der so langsam keine Lust mehr auf Besuch hatte.

„Du rauchst doch gar nicht", erklärte Nick leise.

„Ich rauchte schon seit meiner Kindheit. Aber was interessiert Sie das?" Ethan wurde es zu bunt. Er stand auf und wollte den Raum verlassen. Doch auch der Polizist stand auf und wollte den Mann aufhalten. Er berührte ihn an der Schulter. Der Häftling reagierte und drehte sich blitzschnell mit erhobenem Arm um. Er traf den Hauptkommissar mit geballter Faust auf Höhe des Kinns.

Nick erwartete solch eine Reaktion überhaupt nicht und bekam den Kinnhaken schmerzhaft zu spüren. Er hielt sich das Kinn und sah, wie der Wärter einschritt und den Schläger aus dem Raum brachte.

Er wusste nicht, ob es wirklich nur Show war oder doch etwas nicht mit Ethan stimmte.

Kapitel 14

Der Engländer kam zurück in seinen Gefängnistrakt. Sogleich begab er sich zu den Jungs im Aufenthaltsraum.

Sofort stieß er einen der jungen Männer an, ihm 'ne Zigarette zu geben. Er machte sie sich an und setzte sich zu der Runde.

„Wer war das?“, fragte Dragan neugierig.

„Keine Ahnung. Ich denke es war der Typ, der mich verhaftet hat. Ich habe ihm einen Kinnhaken verpasst. Was für ein Arsch“, motzte Ethan.

„Hat er dir was Gutes mitgebracht?“, wollte Stue wissen.

„Ne“, schüttelte der Engländer den Kopf, „Was sollte er mir mitbringen?“

„Ach, ein bisschen Gras wäre mal wieder schön.“

„Oder Hefe“, warf ein anderer ein.

„Warum Hefe?“, wollte der Engländer wissen. Ethan setzte sich zu der Gruppe und hielt sich schmerzend die Stirn.

„Hefe ist hier drinnen sehr wertvoll. Wir mischen es mit Apfelsaft“, erklärte Stue, „Haste noch schlimme Schmerzen?“

Ethan nickte: „Ja, die Tabletten helfen kaum. Eigentlich habe ich noch Bettruhe.“

„Du solltest dir 'ne richtige Dröhnung geben. Dann geht’s dir den nächsten Tag auch gleich besser“, nickte Vladi und ballte schon wieder die Faust.

„Nein danke Vladi. Davon habe ich genug“, grinste Ethan auf. Er machte sich auf den Weg in seine Zelle.

Der Häftling sah nicht, wie Dragan eine kleine Flasche an Stue weiter reichte. Er nickte kaum und Stue verstand. Dieser versteckte die Flasche unter dem Shirt und ging hinter dem Häftling her.

Ethan legte sich gleich in sein Bett und schloss die Augen. Doch er bemerkte, wie Stue in seine Zelle kam.

„Was willst du noch Stue? Ich bin erledigt“, stammelte der Kranke.

Stue holte die Flasche unter dem Shirt hervor und bot sie Ethan zum Trinken an.

„Boah“, krümmte Ethan die Nase, „Das ist schon wieder dieses widerliche Zeug.“

„Nicht so laut“, flüsterte Stue, „Da gewöhnst du dich dran, aber dann geht es dir gleich besser. Glaub mir. Das ist wie ein Rausch.“

„Stell es mir in den Schrank“, nickte Ethan und schloss wieder die Augen. Erst als die Zellen geschlossen wurden, holte er die Flasche hervor und versuchte sich an dem Getränk mit kleinen Schlucken.

Hauptkommissar Niklas Harvey versuchte sein Glück noch mit einem Gespräch mit Dragan Iwanow. Er fasste sich vorsichtig ans Kinn. Es schmerzte noch vom Kinnhaken seines Partners.

Dragan wurde ins Besucherzimmer gebracht. Auch hier blieb der Wächter mit im Raum. Düster schaute der Häftling den Polizisten an. Er setzte sich Nick gegenüber und wartete nicht lange ab. „Wer sind sie?“, kam forsch von ihm.

„Ich bin Hauptkommissar Niklas Harvey und ich bin hier um Sie zu ihrer Freundin Miriam Kähler zu befragen.“

„Was ist mit ihr? Sie ist nicht meine Freundin und außerdem ist sie in den Tod gesprungen“, zuckte Dragan nur mit den Schultern.

„Das ist wahr, aber sie war Ihre Freundin und ich möchte wissen, was Sie damit zu tun haben?“

Dragan lehnte sich nach vorne und der Schließer schaute genau hin. Kontakt war verboten und er wusste, dass der Häftling einiges auf dem Kerbholz hatte. Doch Dragan blieb ruhig.

„Ich habe gar nichts damit zu tun. Ich war hier im Knast und warte auf meinen Prozess."

„Richtig, dennoch denke ich...", versuchte Nick etwas aus dem Häftling zu kitzeln.

„Ich habe nichts damit zu tun. Was und vor allem wie sollte ich das von hier machen?", unterbrach er den Polizisten. „Wie sollte ich das denn anstellen?"

„Das werde ich herausfinden", nickte der Beamte und stand auf. Nick wusste, das Dragan sich sicher nicht selbst belasten würde. Dennoch musste er versuchen, ihn aus der Reserve zu locken.

Nick fuhr von der JVA Lübeck zurück nach Mölln. Für ihn war die Fahrt über die Landstraße lang und eintönig. Sicher konnte er so seinen Gedanken freien Lauf lassen, doch lenkten sie auch etwas vom Fahren ab.

Kapitel 15

Nick saß in seinem Büro. Er versuchte die Akten auf seinem Schreibtisch abzuarbeiten. Ihm fiel es schwer sich zu konzentrieren, da er oft an Ethan denken musste. Im Knast herrschten andere Gesetze und er wusste nicht, wie es seinem Partner ging. Der Besuch im Knast hatte nicht den gewünschten Erfolg gebracht.

Nick überlegte, ob er beim Leiter der Anstalt anrufen sollte, doch bevor er wählte, klopfte es an der Tür.

Sören kam herein und brachte Nick einen Kaffee mit.

„Sage mal“, begann der junge blonde Mann ein Gespräch, „Wo steckt eigentlich Ethan? Ich habe ihn schon einige Tage nicht gesehen.“

Nick überlegte, ob er dem Kommissaranwärter davon erzählen sollte. Sören und Ethan arbeiteten gut zusammen und Nick freute es, dass der schüchterne junge Mann sich endlich wohl fühlte.

„Der ist auf einem Außeneinsatz“, antwortete der Revierleiter nur. Er nahm den mitgebrachten Kaffee dankend an.

„Wie lange dauert der Einsatz?“, hakte Sören weiter.

Nick zuckte nur mit den Schultern. „Ich weiß es nicht. Vielleicht 'ne Woche.“

„Okay“, kam niedergeschlagen von dem jungen blonden Mann.

„Ihr kommt gut miteinander aus.“

„Ja, er ist super. Es macht Spaß und ich lerne viel von Ihm“, freute sich Sören.

„Ja, das ist wahr. Nächste Woche hast du das Seminar in Eutin?“

„Richtig“, nickte Sören.

„Sage mal“, fing Nick mit einem anderen Thema an, „Hast du eine Idee,wie ich eine Pin für ein Handy heraus bekomme?“

„Wie meinst du das?“, fragte Sören neugierig. Er trat näher an den Schreibtisch heran.

Nick holte die Tüte mit den privaten Dingen der Verstorbenen Miriam Kähler hervor und holte das Handy heraus.

„Hast du von dem Suizid einer jungen Frau gehört? Sie ist von der Kanalbrücke gesprungen.“

„Sicher. Ich war mit Ethan letztens da. Er sagte, dass es eventuell kein Suizid gewesen ist“, erklärte Sören.

„Ja, ich habe hier ihre privaten Sachen von der Gerichtsmedizin bekommen. Das Handy lässt sich einschalten, obwohl es im Wasser war.“

„Aber du kennst die Pin nicht“, erläuterte der Kommissaranwärter.

„Richtig.“

„Hast du 'ne Geldbörse von ihr?“

Nick wühlte in der durchsichtigen Tüte herum und holte ein braunes größeres Portemonnaie heraus. Es war noch feucht und Nick gab es Sören über den Tisch.

„Ich habe da auch schon rein geschaut, aber nichts interessantes“, erklärte Nick, als Sören die verschiedenen Fächer durchsuchte.

Sören holte alles heraus, was er fand. Er legte die Papiere nebeneinander auf den Tisch. Die Karten, wie Führerschein, Ausweis und die Krankenkassenkarte legte er übereinander. Dann blieben noch zwei kleine Zettel übrig. Sören drehte sie hin und her, bis er eine zehnstellige Zahl fand. Darunter stand noch ein Wort.

„Hier“, meinte er und zeigte Nick den Zettel, „Eine der Zahlen ist die Pin. Nick sah sie sich an.

„Das ist eine zehnstellige Zahl? Ich brauche nur eine vierstellige?“, antwortete er.

„Ja, aber sieh mal. Viele Menschen können sich ihre ganzen verschiedenen Pins nicht merken und machen sich einen Spickzettel.“

Nick schaute sich das verwaschene Papier an. „Da steht Brotbestellung drunter?"

„Das ist nur Tarnung", grinste der junge Mann.

„Gut, aber welche ist die Richtige? Das sind immerhin zehn Zahlen", überlegte Nick laut.

Sören legte den Kopf schief und wollte etwas sagen, doch Nick kam ihm zuvor.

„Warte. Da sind Lücken zwischen den Ziffern." Nick zeigte auf die kleinen Lücken, die zwischen den Zahlen zu erkennen waren. „Es gibt insgesamt drei Möglichkeiten."

„Wie oft hattest du es bei dem Handy schon versucht?", fragte Sören, da man gewöhnlich auch drei Versuche zur Verfügung hatte, bevor man die lange Puk Nummer brauchte.

„Noch gar nicht", freute sich Nick und er probierte die verschiedenen Pins aus. Den zweiten Pin nahm das Handy an und Nick konnte in den verschiedenen Apps und Nachrichten suchen. Doch der Akku war zu niedrig und Nick steckte das Handy an sein Ladekabel, welches zum Glück passte.

„Das durchsuche ich später. Vielen Dank für deine Hilfe", bedankte sich Nick.

„Kann ich dir noch etwas helfen?", fragte der Blonde in seiner Uniform.

„Erstmal nicht Sören. Das war schon ein großer Schritt. Sonst war nichts interessantes in der Tüte."

„Na gut. Ich muss wieder. Heinrich braucht Hilfe in der Asservatenkammer im Keller." Sie verabschiedeten sich und Nick konnte endlich den Anruf tätigen.

Es klingelte einige Male. Nick wollte schon auflegen, doch dann meldete sich der Anstaltsleiter in Lübeck.

„Justizanstalt Weihrer am Apparat", meldete sich der Mann. Er hatte eine hohe Stimme, die Nick schon beim ersten Telefonat überraschte.

„Niklas Harvey hier. Ich wollte nur einmal nachfragen, wie es meinem Kollegen bei Ihnen geht?"

„Hallo Herr Harvey. Ich habe heute noch keine Informationen bekommen, aber eigentlich ist alles soweit gut."

Nick atmete einmal durch und schloss kurz die Augen. Genau das wollte er hören.

Er nahm sich das Handy von Miriam Kähler hervor. Er liess es am Aufladekabel, so dass es sich weiter auflud. Sicher war es durch den Sprung nass geworden, doch war es zu seinem Glück ein wasserfestes Handy gewesen. So funktionierte es ohne Probleme und Nick sah sich die Anrufe und die Nachrichten an. Sie hatte öfter mit ihrem Freund Leonard Steiner telefoniert und auch einige Nachrichten geschrieben. Nick verfolgte die Nachrichten, in denen sie unter anderem schrieb, dass sie sich verfolgt fühlte. Nick tippte auf seiner Tastatur und holte sich die Akte von Dragan auf den Bildschirm.

Leider war Dragan zu der Zeit schon in Untersuchungshaft gewesen. Unter anderem fand er Anrufe von einer unbekannten Nummer.

Der Hauptkommissar notierte sie sich und rief bei Heinrich im Großraumbüro an. Er sollte herausfinden, wem diese Nummer gehörte.

Es würde eine Weile dauern, bis Heinrich sich wieder melden würde. In Filmen ging es immer super schnell und die Beamten hatten die Nummer. So schnell ging es hier in der Wirklichkeit nicht.

Nick entschied sich, noch einmal mit Leonard Steiner zu reden. Er suchte sich die Wohnadresse raus und machte sich auf den Weg.

Kapitel 16

Nick fuhr in seinem zivilen Dienstwagen zu Leonard Steiner. Es ging in die Waldstadt, einem Stadtteil von Mölln, in dem es noch viele Gebäude aus dem zweiten Weltkrieg gab. Wie ein Spinnennetz waren die Straßen mit den Vorfahrtsregeln gespannt. Nick fuhr meist mit dem eingeschalteten Navigationsgerät.

Da hier viele Kinder lebten und die Straßen teils uneinsehbar waren, fuhr Nick sehr vorsichtig bis zu seinem Ziel. Einem anderen Autofahrer fuhr der Kommissar zu langsam und er überholte in der schmalen Gasse. Im Normalfall hätte der Beamte sein Blaulicht eingeschaltet und wäre hinterher. Aber heute hatte er ganz andere Sorgen im Kopf.

„Herr Steiner. Ich hätte da noch ein paar Fragen an Sie“, sagte Nick, als er hereingelassen wurde. Herr Steiner wohnte in einer kleinen Mietwohnung. Es gab lediglich eine Küche, Bad und einen Wohnbereich. Der Kommissar setzte sich auf das Zweiersofa. Herr Steiner nahm auf der Bettkante Platz.

„Haben Sie schon etwas erreichen können?“, fragte der stämmige Mann. Er wirkte allerdings nicht sehr stark, das wusste Nick schon. Herr Steiner war ein gebrochener Mann, dem man seine Liebe genommen hatte. Dementsprechend vorsichtig musste Nick vorgehen.

„Ja und nein. Wir haben einige Ungereimtheiten in dem Fall entdeckt und arbeiten an dem Fall. Trotzdem fehlen noch die Beweise, Dragan zu überführen."

„Was für Ungereimtheiten?", wollte der Mann wissen.

„Nun", fing der Hauptkommissar an, „Komischerweise hat sich niemand um die persönlichen Dinge von Frau Kähler gekümmert. Ich habe sie an mich genommen und in ihrem Handy eine nicht gespeicherte Nummer gefunden. Sie wurde vor ihrem Tode des öfteren angerufen. Hatte sie davon etwas erzählt?"

„Nein", schüttelte Leonard, „Sie sagte immer nur, dass sie verfolgt wurde."

„Hat sie jemand konkreten erwähnt? Außer Dragan."

Herr Steiner überlegte, aber schüttelte mit dem Kopf.

„Haben Sie Kontakt zu ihren Eltern?", fragte Nick. Er kannte die Eltern nicht, da sich Ethan drum gekümmert hatte. Doch wollte er wissen, warum die privaten Dinge in der Rechtsmedizin nicht an die Hinterbliebenen gegeben wurden.

„Nein, ihre Eltern habe ich nie kennen gelernt. So weit war unsere Beziehung noch nicht."

„Okay, danke Herr Steiner. Ich werde dran bleiben. Das habe ich ihnen versprochen“, nickte der Polizist und verabschiedete sich von dem gebrochenen Mann.

Nick fuhr zurück zum Revier. Auf dem Wasserkrüger Weg hielt er Ausschau, ob er Hermann sehen würde. Vielleicht würde er sie in ihrem Kleingarten entdecken. Doch er hatte Pech. Nichts zu sehen von ihr.

Zurück im Revier kam Nick durch das Großraumbüro und hielt bei Heinrich an.

„Hast du Neuigkeiten für mich?“, fragte Nick neugierig. Er versprach sich viel von der Telefonnummer.

„Ja, die Nummer gehört zu einem Prepaid Handy. Und es gehört einem Lukas Heller.“ Heinrich suchte einen Zettel, den er dem Revierleiter in die Hand drückte.

Der Kommissar schaute auf den Zettel und begab sich zurück zu seinem Wagen. Er hatte die Adresse gelesen und wusste sofort wo er hin musste. Ein Danke ging noch an Heinrich, bevor Nick raus ging. Er stieg in seinen Dienstwagen und fuhr zur bekannten Adresse.

Gegenüber dem Pflegeheim parkte Nick den Wagen an dem Hochhaus. Vor einigen Tagen war er schon mal hier gewesen.

Ein Stockwerk unter Dragan wohnte Herr Heller. Der Hauptkommissar klingelte und wartete ab. Drinnen war es still. Er drückte erneut die Klingel, aber es blieb still. Es war keiner da und Nick ging durch das Treppenhaus wieder nach unten.

Ein großer, kräftiger Mann kam ihm im unteren Bereich des Hauses entgegen. Und Nick kannte diesen Mann sehr genau.

„Hallo Memmet“, sprach er den jungen Mann an.

„Was willst du schon wieder hier Bulle?“, fragte der tätowierte Mann. Er kam dem etwas kleineren Polizisten sehr nahe und Nick reagierte anders, als Memmet dachte.

„Ich suche jemanden. Vielleicht kannst du mir helfen“, erklärte Nick und wich nicht zurück. Obwohl Memmet größer war, kam der Polizist mit einer Person sicher klar.

„Suchst du wieder Dragan oder seine Freundin?“ Düster schaute er auf den Kommissar und versuchte Eindruck und Angst zu erwirken.

Doch Nick machte es nichts aus, denn seine Instinkte arbeiteten auf Hochtouren.

„Nein, ich suche Lukas Heller.“

„Kenn ich nicht. Was hat er angestellt?“

„Laut der Polizeiakte schon einiges“, erwähnte Nick und holte den Zettel den er von Heinrich bekommen hatte, aus der Jackentasche. „Verdacht auf Drogenhandel, Körperverletzung und sogar Diebstahl.“ Der Polizist sah sein gegenüber an und wartete ab. Denn es gab noch ein hübsches Foto auf dem Blatt.

„Ja, aber der Diebstahl ist doch schon verjährt“, behauptete der Mann.

„Soll ich jetzt weiter Memmet oder darf ich Lukas zu dir sagen?“, fragte Nick und steckte den Zettel wieder in die Tasche.

Der Mann gab sich ertappt und ließ die Schultern hängen. Nun gab er sich von einer ganz anderen Seite und versuchte, sich nicht selbst zu belasten.

„Ich habe nichts gemacht“, wiegelte er ab.

„Sicher“, nickte der Polizist, der wusste, dass Lukas sich ohne seine Kumpels ganz anders darstellte, „Aber ich denke, dass wir mal zum Revier fahren und ein paar neue Bilder machen sollten. Ich sehe da ein neues Tattoo.“

Lukas schnaufte und schüttelte den Kopf. „Muss das denn jetzt sein? Ich habe überhaupt keine Zeit dafür.“

„Wir können es sicher abkürzen, wenn du meine Fragen beantworten könntest. Du hast ein Prepaid Handy?“

„Ich habe ein Vertragshandy“, schnaufte Lukas und holte sein Telefon aus der Tasche. Er zeigte es dem Polizisten.

„Doch, vor etwa 8 Wochen hast du dir ne Karte geholt und registriert.“

„Ach das. Das wurde mir geklaut“, behauptete der muskulöse Mann lächelnd.

„Okay. Hast du es gemeldet?“

Wieder grinste er: „Nein, wozu.“

„Kennst du Miriam Kähler?“, machte Nick mit seiner Befragung weiter.

„Nein. Wer soll das sein?“ Wieder rollte er mit den Augen, da ihm die Befragung nicht gefiel.

„Das war die Freundin von Dragan. Sie wurde einige Male von dieser Nummer angerufen.“

„Und?“, sagte Lukas genervt, „Was hat das mit mir zu tun?“

„Die Nummer ist von dir. Also raus mit der Sprache.“ Nick wurde nun endlich bestimmter.

„Ich weiß es nicht. Alter, ich habe doch gesagt, dass es mir geklaut wurde.“

„Gib mir deine Nummer!“, verlangte der Polizist, „Ich werde einen Abgleich machen. Wenn sie übereinstimmen komme ich wieder.“

Lukas stöhnte herum, doch gab seine Nummer raus. „Ich sagte doch, das es mir gestohlen wurde“, wiederholte er erneut.

Zurück im Wagen rief Nick beim Revier an. Er gab die Nummer durch und wollte einen Abgleich der beiden Telefonnummern, doch Heinrich hatte auch Neuigkeiten.

„Das Telefon der Prepaid Nummer ist zur Zeit ausgestellt, aber ich habe eine Ortung des letzten Telefonats gemacht. Es war in der JVA in Lübeck!“

Nick war erstaunt und konnte im ersten Moment nicht antworten oder überhaupt reagieren. Seine Gedanken gingen sofort wieder zu Ethan.

„Hast du gehört?“, fragte Heinrich nach. Erst jetzt kam Nick aus seinen Gedanken.

„Ja Ja, ich verstehe dich. Kannst du nachfragen, welche Telefonate vom Knast gemacht wurden?“

„Sicher Nick. Das habe ich schon gemacht. Es sind alle Telefonate von der Prepaid Nummer von dort geführt worden.“

Nick saß noch im Wagen und schaute auf das Gebäude, in dem er eben noch war und Lukas Heller verhört hatte. Der Polizist versuchte die Puzzleteile zu sortieren. Doch wieder wurde er von Heinrich unterbrochen.

„Ich habe noch eine Nachricht für dich“, sagte Heinrich und wartete ab.

„Na, was denn?“, horchte Nick auf.

„Dragan ist aus der Untersuchungshaft entlassen worden!“

„Warum das denn?“, schrie Nick fast in das Handy in seiner Hand.

„Das weiß ich nicht. Hat sein Anwalt wohl irgendwie hingekriegt“, erklärte Heinrich. Gewöhnlicherweise zuckte Heinrich mit den Schultern, auch wenn Nick das am anderen Ende der Leitung nicht sah. Er machte oft Gesten beim Telefonieren, welches die Kollegen schon öfter beobachten konnten.

Der Revierleiter war fassungslos. Wie konnte Dragan so plötzlich aus der Untersuchungshaft entlassen werden. „Gut.“ Nick atmete tief aus, „Dann mache ich mich gleich auf den Weg und hole Ethan aus dem Knast raus. Du versuchst bitte den Leiter der JVA anzurufen, dass Ethan abgeholt wird.“ Nick legte sein Telefon weg und fuhr los. Eigentlich hätte er am liebsten eine Wache hier an der Wohnung von Dragan postiert. Aber wen sollte er da nehmen. Sören war zwar zum Teil involviert, aber er war zu unerfahren. Alleine wäre das zu gefährlich gewesen. Nick musste Ethan in Lübeck abholen und hierher zurückkommen. So sein Plan.

Der Weg war lang nach Lübeck. Viele Autofahrer und LKWs waren unterwegs. Der Polizist musste Geduld beweisen, bis er nach einer guten Stunde endlich vor der JVA stand. Eilig ging er rein und musste sich am Eingang melden.

Der Beamte dort ließ sich den Ausweis zeigen und nickte dem Hauptkommissar, von dem er durch eine Scheibe getrennt war, zu.

Der Hauptkommissar ging einen Schritt zurück und wartete. Nach ein paar Minuten hörte er ein Schloss, das sich öffnete.

Ethan kam in Handschellen heraus, gefolgt von einem Justizbeamten. Als sie bei Nick ankamen, löste er die Handschellen und nickte dem Kommissar zu. Er verschwand wieder in der Anstalt und ließ den Gefangenen bei Nick.

Ethan trug zu Nicks Überraschung eine blaue Jeans. Der junge Mann schaute komisch ernst und hatte noch immer ein hautfarbenes Pflaster auf der Stirn.

„Schön, dass es dir gut geht“, freute sich Nick und sie gingen zusammen raus. Nick tippte Ethan leicht auf die Schulter, doch merkte er eine Spannung im Körper seines Partners.

„Im Wagen habe ich deinen Mantel und auch deinen Ausweis.“

Bereitwillig nahm Ethan seinen Mantel entgegen und zog ihn sich an. „Danke, aber was soll das Ganze?“, fragte er irritiert.

„Wie jetzt?“, fragte nun auch Nick irritiert. Er wollte gerade um das Auto und so schnell es geht nach Mölln fahren. Doch nun blieb er verdutzt stehen und schaute seinen Partner an.

„Na das alles hier. Warum komme ich so plötzlich raus und was wollen Sie von mir?“

„Ethan?“, begann Nick, „Sage mal? Du weißt nicht wer ich bin?“ Fragen über Fragen überhäuften den Hauptkommissar.

„Doch“, antwortete Ethan, „Sie sind der Bulle, dem ich einen Kinnhaken geknallt habe.“

Zuerst war Nick sprachlos, doch dann fand er eine Lösung. „Ich bin dein Partner und du bist auch Bulle. Komm, steig ein und ich erkläre dir das auf der Fahrt. Wir müssen jetzt endlich los. Komm.“

Ethan schaute sich um, nahm dann aber auf der Beifahrerseite Platz. Nick fuhr, nachdem er Ethan seinen Polizeiausweis und sein Handy gegeben hatte, los.

Ethan blickte nachdenklich auf den Ausweis in seiner Hand. „Wer ist Ethan Cooper?“, fragte er.

Nick hielt an einer Bushaltestelle an und schaute Ethan an. „Sag mal, du weißt nicht wer du bist?“

„Ethan Culpepper“, antwortete er überzeugt, „Ich habe Ausweise gefälscht und jemanden auf die Fresse gehauen.“

Nick drehte sich im Sitz direkt zu Ethan um. „Du weißt nicht mehr, dass du ein Polizist bist?“ Nick glaubte nicht richtig zu hören. Es war wie ein Stich ins Herz.

Ethan lachte auf. „Nein, ich bin doch kein Bulle. Ich komme gerade aus dem Knast und schau mal wie ich rum laufe. Welcher Bulle trägt so einen langen schwarzen Mantel?“

„Wie viele Ausweise hast du gefälscht? Und wem hast du auf die Fresse geschlagen?“, stellte Nick zwei Fangfragen.

Ethan schaute ihn an und Nick sah an seinem Partner, dass er nachdachte. Sie hatten diese Straftaten nur fiktiv erfunden und nicht in die Tiefe besprochen, was und wen er geschädigt hatte.

„Wie heißt dein Anwalt?“, kam noch eine Frage von Nick hinterher.

Ethan lachte auf. „Ja richtig“, nickte er gelöst, „Das soll doch ein Verhör werden.“ Er schmiss den Polizeiausweis wie eine Karte auf die Armatur des Wagens. „Nicht mit mir. Ich werde niemanden verraten.“ Ethan verschränkte die Arme vor der Brust und schaute mit hoch erhobenen Kopf nach draußen.

Nick setzte sich wieder ordentlich auf den Fahrersitz und fuhr weiter durch die Straßen Lübecks. Er musste es von unterwegs versuchen, Ethans Erinnerung zu wecken.

Kapitel 17

Hauptkommissar Niklas Harvey saß im Dienstwagen zusammen mit seinem Partner Ethan Cooper. Er hatte ihn gerade aus der Untersuchungshaft geholt. Da Ethan wohl durch eine Prügelei im Knast sein Gedächtnis verloren hatte, versuchte Nick ihm einiges aus der gemeinsamen Zusammenarbeit der Jahre zuvor zu erzählen. In der Hoffnung, dass Ethan sich wieder erinnern konnte.

„Reden Sie eigentlich immer so viel?“, fragte Ethan nach einer Weile. Er konnte das alles nicht verstehen.

Sie kamen nach Mölln rein gefahren und standen auf der Kanalbrücke kurz vor einer Tankstelle im Stau fest. Hier war um diese Uhrzeit immer viel Verkehr und Nick versuchte weiterhin seinem Kollegen zu erklären, dass er ein Polizist war. Er versuchte, Ethan den aktuellen Fall zu erklären. Warum er in den Knast ging und was sie eigentlich herausfinden wollten. Gerade als von Ethan keine Widerrede kam, wollte Nick erklären wo sie nun hinfuhren und dass er den Verdacht auf Lukas Heller hatte, die Frau von der Brücke gestoßen zu haben. Doch Ethan dachte anders und öffnete die Wagentür. Er hatte unbemerkt eine Hand an den Anschnallgurt gelegt, so dass er sich schnell aus dem Wagen befreien konnte.

„Und tschüss Bulle“, sagte Ethan voller Freude und floh über die Kanalbrücke an den anderen stehenden Autos vorbei.

Nick erschrak und wollte hinterher, aber bis er aus dem Wagen raus war, wäre Ethan schon weg gewesen. Auch mit dem Wagen konnte Nick nicht hinter seinem irritierten Partner die Verfolgung her. Die Wagen standen dicht an dicht im Stau.

„Scheiße“, fluchte er und schlug mit der rechten Hand auf das Lenkrad.

Ethan rannte einfach los. Was bildete sich dieser Bulle bloß ein. Der wollte doch nur Informationen von ihm haben, aber seine Kontakte würde er nicht preis geben. Als er zurück schaute, konnte er den Bullen nicht sehen. Er hatte den Polizisten wohl so sehr überrascht, das dieser nicht schnell genug reagieren konnte. Er formte seinen Mund zu einem Lachen und ging weiter. Wohin er wollte, hatte er sich nicht überlegt, aber Dragan sagte mal etwas von einer Kneipe in der Innenstadt, in der ein Kumpel von Dragan arbeitete. In die Richtung ging er jetzt und schaute sich immer mal wieder um, nicht, dass er verfolgt wurde.

In der Stadt lief er nicht die Hauptstraße entlang. so einfach wollte er es den Polizisten nicht machen, um ihn zu finden. Er ging runter zum Marktplatz um dann durch den Kurpark und die kleineren Gassen der Altstadt zu gehen.

Hauptkommissar Niklas Harvey war zum Mietshaus gefahren, wo er Lukas Heller vermutete, doch dieser war nicht da und auch an Dragans Wohnung war das neue Siegel noch unberührt.

„Verdammt", fluchte Nick erneut. Er nahm sein Handy in die Hand und versuchte bei Ethan anzurufen, doch das Handy war noch immer ausgeschaltet. Wütend warf er das Telefon auf den leeren Beifahrersitz. Der Polizist legte seinen Kopf nach hinten gegen die Kopfstütze und schloss kurz die Augen. Was hatte er sich bloß bei diesem verrückten Plan gedacht. Warum hatte er dem Ganzen bloß zugestimmt?

Nick startete den Wagen und fuhr zurück zum Revier. Er musste sich etwas einfallen lassen, um Ethan zurück zu holen und seinem Gedächtnis zu helfen. Der Polizist überlegte auch, ob er seinem Chef in Ratzeburg Bescheid geben sollte. Es lief gerade alles aus dem Ruder.

Ethan hatte in der Kneipe einen Mitarbeiter angesprochen und der hatte auf einen weiter hinten liegenden Tisch gezeigt. Dort saß ein gut gebauter Mann. Er hatte eine Glatze und dazu einen gepflegten Vollbart. Die freien Oberarme hatten diverse Tattoos.

Ethan sprach ihn an. Er stellte sich mit dem Namen Lukas vor.

Ethan bestellte sich ein Bier und setzte sich zu dem jungen Mann. Er erzählte dass er Dragan aus dem Knast kannte und, dass er wegen Betrug und Körperverletzung im Knast gewesen war. Dass ihn dieser Bulle raus geholt hatte und er ihm entflohen war, erwähnte er nicht. Nach etwa einer halben Stunde stand plötzlich Dragan am Tisch und freute sich über Ethans Anwesenheit.

„Wie kommt es, das du so plötzlich entlassen wurdest?“, fragte Dragan neugierig.

Ethan zuckte mit den Schultern. „Keine Ahnung. Ich wurde von einem Bullen abgeholt und da konnte ich fliehen. Ich hatte das Gefühl, dass er Informationen aus mir herausquetschen wollte.“

„Na egal, Hauptsache du bist mit dabei. Mich hat mein Anwalt raus geholt“, erzählte der Kriminelle stolz.

„Ich habe den Jungs schon Bescheid gesagt. Sie sind auch bald da“, erwähnte Lukas, bevor er aufstand und dem Barkeeper zu verstehen gab, dass sie was zu trinken brauchten.

„Bist du auch aus Serbien wie Dragan?“, fragte Ethan.

„Nein“, lachte Lukas, „Ich bin in Deutschland geboren, aber meine Eltern sind Sinti und ich somit auch.“

„Er ist ein Zigeuner“, grinste Dragan und die beiden gaben sich die Fäuste. „Zum Glück ein Sinti“, lachte er weiter.

„Ja“, bestätigte Lukas, „Wir sind die Guten.“

Die Getränke kamen und die drei prosteten sich gegeneinander zu.

„Ich plane einige Einbrüche“, erklärte Dragan und griff in seine Tasche. „Hier Bro. Dein Handy hat mir gute Dienste geleistet.“ Er legte das Telefon auf den Tisch und Lukas atmete tief durch.

„Ist es eingeschaltet?“, fragte er und wirkte angespannt.

„Nee, ich habe es nur für den einen Einsatz gebraucht und sonst immer ausgeschaltet gehabt. Das wäre im Knast aufgefallen“, grinste Dragan.

„Wir müssen es verschwinden lassen“, behauptete Lukas und legte es an die Seite.

„Warum?“

„Weil bei mir so ein Bulle war und darüber Fragen gestellt hat. Es hat mit Miriam zu tun. Die haben wohl im Handy die Nummer gefunden und ermittelt.“

„Verdammt“, brachte Dragan heraus, „Das könnte schief gehen. Ich dachte, dass das eine sichere Sache ist, um die Schlampe zu entsorgen. Hast du den Laser noch?“

„Ja sicher“, nickte Lukas, „In meiner Wohnung.“

„Wir müssen beides entsorgen“, befahl der Anführer.

Ethan hatte es sich nur angehört, aber nichts bei gedacht. „Ich habe von dem Bullen ein Handy bekommen, aber es noch nicht eingeschaltet. Das war bestimmt auch ein Trick von dem Typen.“

„Sicher“, nickte Dragan ihn an, „Ich habe meine Ex immer aus dem Knast angerufen und wollte, dass sie mich besucht. Sie erklärte mir, das es aus ist zwischen uns beiden, doch ich habe Lukas mit 'nem Laser hinter ihr her geschickt. Sie ist ganz verrückt geworden“, lachte Dragan auf.

„Und dann hast du sie zur Brücke geschickt“, erzählte Lukas weiter, „Und ich habe mit dem Laser Pointer auf sie gezielt. Sie dachte, das sie erschossen wird, wenn sie nicht springt. Und dann ist sie einfach gesprungen.“ Die beiden Männer lachten laut auf.

Und auch Ethan grinste und nickte zugleich. „Boa, das ist aber fies“, staunte Ethan und lehnte sich im Stuhl zurück.

Die anderen Jungs kamen und zu fünft machten sie sich an den Plan für ihre weiteren Verbrechen.

Kapitel 18

Nick wollte zum Revier fahren und hielt unterwegs Ausschau nach Ethan, doch er konnte ihn nicht entdecken. Sein Partner glaubte, dass er ein Verbrecher war und der Kommissar überlegte, wo er ihn finden sollte. Wo würde sich ein vermeintlicher Verbrecher aufhalten? Diese Frage stellte er sich immer wieder, doch er kam zu keinem Ergebnis. In Ethans Wohnung wollte er schauen, aber vorher musste der Polizist zum Revier zurück.

Heinrich schaute auf, als Nick auf ihn zukam. „Wo ist Ethan?“, fragte er gleich, „Hat das in der JVA nicht geklappt?“

„Doch, doch“, nickte der Revierleiter, „Ich habe ihn nur verloren. Magst du mir bitte sein Handy orten?“

„Wie? Verloren?“, fragte Heinrich irritiert, obwohl ihn in seiner langen Dienstzeit nichts mehr so schnell wunderte.

„Das kann ich dir jetzt nicht so schnell erklären. Wo ist Sören? Ich sehe ihn nicht.“ Nick drehte sich und konnte Sören nicht entdecken.

„Der ist im Kopierraum“, antwortete Heinrich nur.

Nick drehte sich um und ging in den langen Flur, von dem die Büros abgingen. In der Mitte ungefähr, befand sich der Kopierraum.

„Sören! Hi“, begrüßte Nick den Anwärter, „Ich brauche dringend deine Hilfe.“

„Ich bin gleich da. Muss nur Heinrich die Kopien bringen“, freute sich Sören.

Nick verschwand im Büro und machte seinen Computer an. Er musste sich noch einmal Dragans Akte vornehmen, um an irgendwelche Informationen zu kommen.

„Sören, gut das du da bist“, freute sich Nick als der Kommissaranwärter das Büro betrat. Er war einer der wenigen auf diesem Revier, denen Nick voll vertraute. Und so erklärte er Sören genau, was Ethan und er zusammen angestellt hatten.

Sören zog die Augenbrauen hoch und staunte nicht schlecht. „Und Ethan war im Knast? Freiwillig?“

„Ja, freiwillig“, stimmte Nick ihm zu, „Und jetzt mache ich mir Sorgen. Ich, nein wir müssen ihn finden.“

„Wohl wahr“, nickte Sören. Es klopfte an der Tür und Heinrich schaute kurz rein. „Das Handy können wir nicht orten. Es ist noch immer ausgeschaltet.“

Nick stöhnte auf. „Danke Heinrich. Ich werde ihn zusammen mit Sören finden. Halte du hier die Stellung.“

Der Beamte an der Tür nickte und ging an seine Arbeit zurück. Sören schaute Nick fragend an. Man sah es dem Revierleiter an, das er sich Sorgen um Ethan machte.

Kurz musste Nick überlegen, doch dann stand er auf. „Komm, wir fahren mal zu Ethans Wohnung. Vielleicht ist er da.“

„Ist in Dragans Akte nichts vermerkt?“, fragte Sören im Wagen.

„Nein, leider nicht. Kurz hatte ich überlegt, seinen Anwalt anzurufen, doch der könnte genau so falsch sein. Warum lässt man solch einen Verbrecher bis zur Verhandlung raus?“

Auf Höhe des Bahnhofes kam Nick noch ein Gedanke. „Wenn wir ihn hier nicht antreffen, habe ich noch eine Idee“, erklärte der Fahrer. Sören nickte nur und beobachtete die Leute und den Verkehr durch das Fenster. Er hatte sich auf Anraten seines Chefs umgezogen und trug nun einfache Jeans mit einem braunen Pulli.

In der Brauerstraße fand Nick fast direkt vor der Haustür von Ethan einen Parkplatz. Sie klingelten, doch machte keiner auf. „Ich hätte es mir denken können“, sagte Nick nur und beide zogen sich ins Auto zurück. Nick fuhr die Straße hoch und bog in den Wasserkrüger Weg.

„Wo wollen wir jetzt hin?“, fragte Sören neugierig.

„Zu Hermann“, sagte Nick nur und hielt auf Höhe der Kleingartenanlage.

„Wer ist Hermann?“, wollte der junge Mann wissen.

„Eine Obdachlose. Obwohl..." Nick dachte kurz nach, „Eigentlich ist sie nicht obdachlos, aber sie macht den Anschein." Unweigerlich musste er grinsen. Der erste Kontakt war alles andere als gut. Das wollte er Sören irgendwann mal erzählen.

Sie war wie immer in ihrem Garten und hatte 'ne Harke in der Hand. Sie begrüßte die Polizisten freundlich und ließ sie hinein.

„Hermann, das ist Sören. Er ist noch in der Ausbildung", stellte Nick seinen Kollegen vor.

„Wollt ihr Kaffee?", freute sich die Frau und wollte schon in ihr Häuschen gehen, „Dann muss ich erst einen aufsetzten."

„Nee nee Hermann", wiegelte Nick gleich ab, „Dafür haben wir gar keine Zeit." Hermann schaute neugierig auf die beiden Beamten und war ganz Ohr.

„Es geht um Dragan. Er ist überraschend raus und ich versuche ihn zu finden. Hast du vielleicht eine Ahnung?", fragte Nick und legte die Hände in die Hüften.

Sören war irritiert. Warum sollte eine Obdachlose etwas über einen Verbrecher wissen? Doch zu seiner Überraschung kam recht schnell eine Antwort.

„Er hatte immer diese Lieblingskneipe. In der Hauptstraße...", sagte sie spontan und dachte nach.

„Das Richards?", fragte Sören nach.

„Ja genau“, nickte sie.

„Danke Hermann. Du bist Gold wert“, freue sich Nick über die neue Spur. Sie verabschiedeten sich und gleichzeitig entschuldigte sich Nick für den viel zu kurzen Besuch. Die Frau freute sich immer über Gesellschaft und redete gern. Beim nächsten Mal, versprach der Kommissar.

„Hast du bei Dragans Wohnung schon geschaut?“, wollte Sören im Wagen wissen.

„Ja, aber bevor ich Ethan raus geholt hatte. Ich könnte mir aber nicht vorstellen, das Dragan in seine Wohnung zurück geht.“

„Warum? Immerhin ist er offiziell raus gekommen. Ethan glaubt, dass er geflohen ist“, erklärte Sören seine Gedanken.

„Da fahren wir nach dem Kneipenbesuch hin“, erklärte Nick. Er mochte Sörens Scharfsinnigkeit. Das aus ihm ein guter Kommissar werden würde, davon war Nick überzeugt.

Der Fahrer suchte verzweifelt einen Parkplatz in der Nähe der Kneipe. Zu guter Letzt parkten sie auf dem historischem Marktplatz, gleich neben der Till Eulenspiegel Figur. Nick machte sein Polizeischild hinter die Frontscheibe.

„Na, dann hätten wir auch direkt vor dem Laden halten können“, sagte Sören laut, als sie die Marktstraße hinab gingen.

„Richtig“, nickte der Hauptkommissar mit einem leichten Lachen, „Dann hätten alle in und um der Kneipe gesehen, das die Polizei da drinnen ist.“

„Guter Schachzug“, nickte Sören nun auch lächelnd.

Es war nachmittags, als die Beamten die Kneipe in der Hauptstraße betraten. Einige wenige Gäste saßen drinnen und die Polizisten schauten sich um.

Nick ging zur Theke und sprach den Mitarbeiter an. Kurz danach kam er zurück zu Sören.

„Dragan war wohl hier, ist aber vor 'ner halben Stunde weg, sagt der Barkeeper“, sagte Nick zu Sören. Zusammen verließen sie enttäuscht die Kneipe.

„Und jetzt?“, fragte der Anwärter, als sie im Wagen saßen.

„Ich ärgere mich noch, aber wir versuchen es mal bei Dragans Wohnung“, bekam Sören von Nick als Antwort.

„Ja verdammt. Da fahren wir die ganze Zeit an dieser Kneipe vorbei und wir suchen überall nach diesem Typen.“

Nick lenkte seinen SUV über die Straßen von Mölln. An vielen Ampeln mussten sie stehen bleiben und auch wenn die Ampel auf grün war, ging es trotzdem nicht sehr schnell voran. Sie fuhren den Grambeker Weg entlang. Vorbei an allen Einkaufsmöglichkeiten, wo die Leute mit ihren Fahrzeugen abbogen und wieder auf die Straße wollten. Einige konnten sich nicht entscheiden. Andere ließen sich unendlich Zeit zum abbiegen. Für Nick verging eine endlose Zeit, bis sie endlich an der Wohnung von Dragan angekommen waren.

„Sören“, erklärte Nick, „Du gehst rauf zur Wohnung und schaust ob das Siegel noch unversehrt ist. Ich warte im Wagen und beobachte was hier kommt und geht.“

„Okay. Wir bleiben in Verbindung wenn was passiert?“

„Sicher. Warte...“ Nick holte aus seiner Tasche einen Zettel heraus und faltete ihn auseinander, „Das hier ist Lukas Heller. Der wohnt auch hier. Falls du dem irgendwie begegnest, sei vorsichtig.“

Sören nickte und machte sich auf in das Gebäude. Nick beobachtete erst mal die leere Straße. Es kam mal ein Auto entlang gefahren und nach einer Weile tauchte ein Rentner mit seinem Rauhaardackel auf, aber sonst tat sich nichts vor dem Haus.

Nach guten zehn Minuten tauchte Sören wieder auf. Er stieg einfach in den Wagen und schloss die Tür. „Das Siegel ist noch heil“, kam enttäuscht von ihm.

„Hhm Okay“, nickte der Fahrer, „Und sonst jemanden getroffen?“

„Leider nein. Was nun?“, fragte Sören, obwohl er die Antwort schon kannte.

„Keine Ahnung“, zuckte Nick mit den Schultern.

Kapitel 19

Ethan, Dragan, Lukas und zwei weitere Männer schauten sich in der Straße um. Zusammen saßen sie im Wagen von Lukas. Es war ein silberner Kleinwagen. Lukas hatte gerade durch ein zu hohes Punktekonto keinen Führerschein und ließ so Ethan fahren. Nachmittags wollte Lukas auf der Industriestraße sehen, ob Ethan überhaupt Auto fahren konnte. Aber es klappte gut und der Engländer hatte das volle Vertrauen vom Besitzer des Wagens.

Nun saßen die fünf in dem Fahrzeug und beobachteten in der Dämmerung einige Häuser. Sie parkten in der Waldstadt, in einer kleinen Straße. Dort befanden sich einige Einfamilienhäuser. Lukas hatte schon vor Wochen nachgeforscht und wusste, dass hier nur alte Leute wohnten und diese keine Hunde hatten.

„Meinst du", wendete sich Dragan an Lukas, „das ist das richtige Haus?"

„Sicher", versicherte Lukas, „Der Alte ist fast taub. Ich hatte ihn mal angesprochen. Der versteht nichts und dann hat er diesen Gehwagen, mit dem er super langsam ist. Das wird ein Kinderspiel."

„Okay", nickte Dragan, „Ethan wartet im Wagen und fährt nicht ohne uns weg. Diek und Achmet stehen Schmiere und Lukas und ich gehen rein."

Sie warteten noch etwa eine halbe Stunde, bis es fast 22 Uhr war. Die Verbrecher wollten sicher gehen, dass sie nicht gesehen wurden.

Ethan hatte den Wagen etwas um die Ecke geparkt und rauchte eine. Der Fiesta war schon in die Fluchtrichtung geparkt. Im Rückspiegel konnte er einen von den beiden sehen, die aufpassten, dass niemand kommt.

Nick und Sören hatten auf dem Revier die Akten der beiden Verbrecher durchstöbert. Sören war aufgefallen, dass Lukas einen zugelassenen Wagen hatte. Aber leider stellten sie auch fest, dass er zur Zeit keinen Führerschein besaß.

Nick ließ den Wagen trotzdem zur Fahndung ausschreiben. Auch suchten die Polizisten nach weiteren Punkten. Nick telefonierte mit dem Leiter der JVA in Lübeck. Er fragte dort nach, mit wem Dragan und auch Ethan in einem Trakt waren und auch mit wem sie dort kommunizierten. Sie bekamen nach einigem Warten endlich einen Rückruf. Die Namen gaben sie in den Computer ein und durchsuchten auch hier die Akten. Einige kamen nicht aus der näheren Umgebung von Mölln und da Ethan sein Telefon noch immer ausgeschaltet hatte, richteten sie ihre Suche wieder in eine andere Richtung.

Sie stöberten noch lange in den verschiedenen Akten herum und stellten viele Thesen auf. Doch irgendwann hatte Nick die Nase voll vom herumsitzen und spekulieren. Beide setzten sich in den Wagen und fuhren erneut die verschiedenen Punkte an. Zuerst die Kneipe, dann wiederholt Ethans Wohnung und zu guter letzt Dragans Wohnung.

Ethan gab Gas, als die vier Männer im Wagen saßen. „Wohin?“, fragte er, als er sie aus der Waldstadt brachte.

Auf der Rückbank freuten sich die Männer und schauten aufgeregt in den kleinen Beutel. Schmuck, ein Portemonnaie und noch andere Kleinigkeiten hatten sie im Haus gefunden. Alles Sachen, die sie veräußern konnten. Auf große Fernseher oder andere sperrige Teile legten sie keinen Wert.

„Richtung Schmilauer Straße“, sagte Lukas auf der Rücksitzbank nebenbei, „Da ist auch ein super Haus zum ausnehmen.“ Auch Dragan war zufrieden und navigierte Ethan Richtung Bundesstraße. „Nicht durch die Stadt“, erklärte er dem Fahrer.

Doch gerade, als sie vom Grambeker Weg Richtung Bundesstraße abbiegen wollten, sah Ethan einen Wagen, den er kannte. Die Ampel war zwar ausgeschaltet, doch trotzdem hatte er keine Vorfahrt. Ohne Rücksicht auf andere Verkehrsteilnehmer bog er ab und drückte das Pedal des Fords durch. Zum Glück war um diese nächtliche Zeit kaum etwas los.

„Was denn los?“, fragte Lukas erschrocken von hinten. Er merkte den Ruck zur Seite und die drei wurden auf der Rücksitzbank zusammen geschoben.

„Da ist der Bulle“, erklärte der Engländer nur und ignorierte das dreissiger Schild.

Dragan drehte sich im Sitz um und versuchte zu erkennen, ob sie verfolgt wurden. Sicher konnte er Scheinwerfer ausmachen, doch war er sich nicht sicher, ob Ethan recht hatte.

Auch Lukas versuchte den Wagen hinter ihnen zu erkennen. In einem Augenblick, als sie unter einer Laterne fuhren, erkannte er das Kennzeichen und wusste, wer da hinter ihnen her war.

„Sicher, dass es die Bullen sind?“, fragte Dragan den Fahrer.

„Jap“, nickte Ethan und konzentrierte sich auf das Fahren. Er bog in die Alt Möllner Straße ab und schubste so die Insassen auf der Rückbank in die andere Richtung.

„Das ist der Scheissbulle, der mich wegen des Handys angesprochen hatte. Ich erkenne das Kennzeichen“, erklärte Lukas von hinten.

„Okay“, nickte Dragan, „Gib Gas und an einer guten Stelle lässt du uns raus.“

„Und fahr nicht in die Stadt“, fügte Lukas noch hinzu. Sie kamen Richtung Bahnhof und zum Glück waren die Bahnschranken nicht gesenkt. Ethan schaltete einen Gang runter und bog nach rechts ab. Danach drückte er das Gaspedal wieder voll durch und schaltete kurz danach wieder hoch. Viel Zeit zum Nachdenken hatte er nicht, aber er bog fast sofort wieder nach links in die Brauerstraße hoch. Diese Gegend kannte er gut und fand eine kleine Straße, wo die Jungs aussteigen konnten.

Nick erkannte den Ford sofort, als er am Grambeker Weg herunter gefahren kam. Sören war überrascht vom Verhalten des Fahrers, als Nick erwähnte: „Da ist er.“

Der Hauptkommissar schaltete sofort einen Gang runter und beschleunigte den SUV. Er nahm die Verfolgung auf und erkannte schnell, wer da am Steuer des Wagens saß.

„Der Wagen ist voll besetzt“, sagte Sören, als Nick dicht genug dran war.

„Ja“, bestätigte Nick, „Und ich weiß auch wer der Fahrer ist.“ Anhand des Driftes merkte er sofort, dass Ethan so einen Fahrstil drauf hatte.

„Soll ich Verstärkung rufen?“, fragte Sören, der sich am Türgriff fest hielt.

„Ja, mach das. Wer hat Nachtdienst?“, fragte Nick, als er in die Alt Möllner Straße abbog.

Sören gab den Funkspruch ab und zuckte danach mit den Schultern. „Keine Ahnung. Ich habe den Plan nicht im Kopf. Heinrich hätte es dir sagen können."

„Verdammt", fluchte Nick, „Ich dachte, die fahren durch die Innenstadt. Dann hätten die Kollegen sie eventuell abfangen können."

„Du verlierst sie. Bleib dran", feuerte Sören seinen Chef an.

„Ja, ja, ich versuche es ja. Aber auch wenn mein Wagen mehr PS hat, so ist er doch zu schwer, um schnell zu beschleunigen", erklärte Nick.

Der Polizist bekam Schwierigkeiten hinterher zu kommen. Der Kleinwagen bog in die Brauerstraße ein und Nick musste, um hinterher zu kommen, einem entgegenkommenden Wagen ausweichen. Sicher hatte Nick das Blaulicht an, aber viele nahmen es gar nicht so schnell auf und reagierten eher verspätet.

„Schau", rief Sören zum Fahrer, „Er biegt nach rechts ab in die Klaus-Groth-Straße."

„Behalte du ihn gut im Auge", befahl Nick ernst und gab wieder Gas, „Wo bleibt die Verstärkung?"

„Ich frage nach", bestätigte Sören ohne den Blick von der Straße zu lassen. Er hatte das mobile Funkgerät die ganze Zeit in der Hand gehalten und konnte so die Flüchtigen weiter verfolgen.

Diese hatten sich einen kleinen Vorsprung erarbeitet.

Im letzten Augenblick erhaschte Sören den Wagen noch, bevor der nach links abbog und aus dem Blickfeld der Polizisten verschwand.

„Gib Gas“, befahl Sören und drückte seine Fußspitze mit herunter. Auch wenn er gar kein Pedal hatte.

„Ja, ich kann hier nicht so schnell fahren. Mein Wagen ist breiter als der Fiesta“, erklärte Nick, da er keine parkenden Autos rammen wollte. Nun bog auch Nick in die Straße nach links ab und konnte den Kleinwagen gerade noch erkennen. Dieser war schon im Begriff nach rechts auf den Wasserkrüger Weg abzubiegen.

Nicks Wagen hatte hier Platz und er konnte wieder schneller fahren. Als auch er nach rechts hinter den Flüchtenden fahren wollte, kamen von links endlich die Kollegen mit eingeschaltetem Blaulicht.

Sören gab dem Einsatzwagen zu verstehen, dass der flüchtige Wagen genau vor ihnen ist.

Ethan schaute in den Rückspiegel. Nun sah er schon ein zweites Blaulicht. „Scheiße. Die werden auch immer mehr“, sagte er wütend. Er überlegte. Sollte er weiter geradeaus fahren, so würde er direkt in die Waldstadt fahren. Das wäre ein Fehler. Wenn er bis zur Kreuzung Berliner Straße fahren würde, so hätte er eigentlich mehrere Optionen zur Auswahl. Doch musste er noch ein ganzes Stück gerade aus fahren. Das wollte er vermeiden, denn so konnten die Bullen sich auf diese Richtung absprechen. Er musste ständig die Richtung ändern, so dachte Ethan.

Er saß alleine im Wagen. Die Jungs hatte er in einem guten Moment rausgelassen. Er brauchte nicht mal richtig anzuhalten, denn die Jungs waren noch im Fahren ausgestiegen. Das Diebesgut hatten sie mitgenommen. Dragan erklärte Ethan noch, dass sie ihn nicht wegen des Diebstahles belangen konnten. Nur wegen seiner Flucht konnten sie ihn dran kriegen. Doch Ethan war das nicht genug. Er wollte es schaffen zu fliehen und so gab er erneut Gas und bog wieder nach rechts ab. Es war eine Einbahnstraße an der Berufsschule entlang. Ethan lachte auf, da ihm hier zumindest kein Bullenwagen entgegen kommen konnte. Doch schnell kam es anders, denn tatsächlich sah er einen Einsatzwagen der Polizei, der ihm mit Blaulicht entgegen kam. Ethan sah nur noch einen Ausweg. Er lenkte den Wagen nach rechts in eine schmale Straße. In dieser allerdings konnte ihm tatsächlich ein Wagen entgegenkommen. Denn er fuhr nun entgegengesetzt der Einbahnstraße.

„Jetzt haben wir sie gleich“, freute sich Nick, als er bei der Berufsschule den Einsatzwagen der Kollegen sah. Doch zu seinem Entsetzten bog Ethan nach rechts in eine kleine Straße ab. Hier parkten viele Autos und es war zu schmal für den SUV. Nick entschied sich daher, die Kollegen hinterher fahren zu lassen und er selbst wollte die Einbahnstraße entgegen des Verkehrs fahren. Er war sich ziemlich sicher, dass Ethan am Ende der kleinen Straße nicht wieder nach rechts auf den Wasserkrüger Weg fahren würde.

Der Revierleiter hörte mit einem Ohr mit, was die Kollegen vom Einsatzwagen durchgaben.

In der Einbahnstraße hatte Nick Glück und es kam ihm kein anderes Fahrzeug entgegen. Am Ende der Straße war Nick wieder am Grambeker Weg angekommen.

„Rechts!", hörte er Sören reden. „Er müsste gleich da vorne rechts raus kommen", erklärte er weiter.

Ethan hatte seine Verfolger fest im Blick. Er hatte es tatsächlich geschafft, die Einbahnstraße ohne Gegenverkehr zu schaffen. Er überlegte wieder, wie er nun vorgehen sollte. Wenn er wieder rechts abbog, würde er zurück auf den Wasserkrüger Weg kommen. Das wollte er vermeiden, da dort sicher nur die Bullen auf ihn warten würden. Daher lenkte er den Wagen nach links. Allerdings befand er sich erneut in einer Einbahnstraße und er fluchte innerlich. Doch um diese Uhrzeit hoffte er, dass ihm niemand entgegen kam. Es ging bergab und Ethan sah in den Rückspiegel. Es waren zwei Polizeiwagen und einer bog nach rechts auf einen Parkplatz ab. Er wollte abkürzen, dachte Ethan und wusste, dass er unten an der Straße nach links musste. Sonst würde er in der Falle sitzen.

Unten an der nächsten Kreuzung wusste Ethan, dass er unbedingt nach links abbiegen musste, um so nicht in die Fänge der Polizei zu geraten. Doch was er dann sah, konnte er nicht glauben.

Ethan verriss das Lenkrad im letzten Moment nach rechts, um nicht in den von links kommenden SUV zu fahren. Der Fiesta reagierte zu spät und landete gerade aus in einem der parkenden Autos.

Auch Nick verriss das Lenkrad, als er im letzten Moment den Fluchtwagen kommen sah. Doch sein Wagen hatte nicht so viel Geschwindigkeit drauf und kam schneller zum Stehen. Noch während des Bremsvorganges konnten beide Polizisten im Wagen zusehen, wie der Ford in ein parkendes Auto krachte. Es schepperte laut und das Blech der Wagen verschmolz praktisch.

Kapitel 20

Hauptkommissar Niklas Harvey und der Kommissaranwärter waren geschockt, als sie den Kleinwagen an ihnen vorbei rasen sahen und er in das parkende Auto krachte. Von den anderen zwei Seiten kamen die beiden Polizeiwagen angefahren.

Mit schnellen Schritten begaben sich die Beamten zum Unfallort, um den Insassen zu helfen. Die uniformierten Beamten kamen etwas verzögert an. Eine Beamtin hörte Nick nur sagen, dass der Rettungsdienst verständigt war.

Zum Entsetzen des Kommissars war nur noch der Fahrer im Unfallwagen. Er schaute auf einen bewusstlosen Ethan der vornübergebeugt mit dem Kopf auf dem geplatzten Airbag über dem Lenkrad lag.

Nick versuchte verzweifelt die Fahrertür des demolierten Wagens zu öffnen. „Wir brauchen die Feuerwehr", rief der Kommissar und bekam von der weiblichen Beamtin die Bestätigung zugerufen. „Feuerwehr rollt auch schon!", rief Annika ihm zu und holte aus dem Kofferraum des Dienstwagens einige Signalleuchten, um den Unfallort abzusichern. Ihre Kollegen halfen ihr dabei.

Der Motor des Unfallwagens war sofort verstummt, als der Wagen zum Stehen kam. Nick versuchte noch immer die Fahrertür zu öffnen, um Ethan da raus zu holen. Sören war zur Beifahrerseite gelaufen und versuchte dort sein Glück. „Das wird nichts Nick“, rief er rüber und ließ die Schultern hängen. Ein Beamter kam mit einer Taschenlampe und sie schauten in den Innenraum. Ethan war noch immer bewusstlos und blutete am Kopf.

Nick wurde es zu bunt. Er sprang auf die Motorhaube und versuchte mit dem Fuß die Frontscheibe auf der Beifahrerseite zu zerstören. „Vorsichtig Nick. Es raucht unter der Motorhaube“, warnte Sören. Doch Nick ließ sich nicht stören. Er trat mit ganzer Kraft mit dem Fuß gegen die Scheibe. Bis sie schließlich nachgab.

Der Rettungswagen kam mit Blaulicht angefahren und im Anschluss der Notarzt. Davon ließ Nick sich nicht stören. Sören reichte Nick eine Decke, die er aus dem Dienstwagen geholt hatte. Sie legten sie über die zertrümmerte Scheibe und griffen durch die Decke an die Scheibe. Sie klappten sie nach vorne, über die Motorhaube. Nick ließ sich nicht aufhalten und lehnte sich zum Fahrer rein. Er musste einfach wissen, ob Ethan noch Puls hatte.

Ethan war zwischen Lenkrad und Sitz eingeklemmt. Seine Augen waren geschlossen. Nick schaffte es gerade noch seine Hand an Ethans Hals zu legen, doch wurde er plötzlich zurück gezogen, bevor er den Puls ertasten konnte. Die Rettungskräfte übernahmen. Einer der Sanitäter kletterte auf den Beifahrersitz und nahm sich des Bewusstlosen an.

Nick wurde von einem anderen Sanitäter zurückgehalten.

„Lasst mich los“, befahl er im Wahn. Er war in einer Art Tunnel. Er musste endlich wissen, ob es Ethan gut ging. Im Prinzip gab der Hauptkommissar sich die Schuld am Unfall. Sören kam zu Nick und stellte sich dem Hauptkommissar gegenüber. „Nick“, versuchte der Kommissaranwärter auf ihn einzureden, „Ganz ruhig. Die Rettungskräfte sind da und kümmern sich um Ethan.“

Sören hielt Nick an den Schultern fest und rüttelte ihn leicht. Nick reagierte und beruhigte sich langsam. Seine Schultern bebten.

Auch die Feuerwehr kam mit einigen Fahrzeugen und Blaulicht angefahren. Sie reagierten schnell und legten zwei Schläuche zum Motorraum des Unfallwagens. Zwei weitere Feuerwehrleute schnappten sich Spreizzange und trugen sie zu zweit zur Fahrertür. Der Zugführer gab die Anweisungen und verständigte sich mit dem Notarzt.

Erst jetzt gingen Nick und Sören etwas dichter ran, um zu helfen. Der Zugführer hielt die beiden auf, doch zückte Nick seinen Ausweis und erklärte die Situation.

Nick erkannte, das sie Ethan einen Stifneck angelegt hatten. Auch eine Infusion hatte Ethan schon. Für Nick hieß es, dass Ethan noch am Leben war und er hoffte auf keine schweren Verletzungen.

Die Polizisten ließen die Rettungskräfte in Ruhe arbeiten. Dass Ethan noch lebte, beruhigte die Beamten sichtlich.

„Scheiße“, sagte Nick zu Sören, „Warum ist Dragan nicht dabei gewesen?“

„Ich denke, dass sie sich irgendwo aus dem Staub gemacht haben. Wir hatten den Wagen nicht ständig im Blick.“

„Ja verdammt“, fluchte der Kommissar und blickte um sich, „Vielleicht beobachten sie uns gerade und lachen sich ins Fäustchen.“

Annika kam mit ihrem Kollegen Tolga Tun und fragte, was überhaupt passiert sei. Nick und auch Sören erklärten die Situation.

Die Beamten schauten auf das Durcheinander, welches eigentlich keines war. Es lief sehr strukturiert ab. Als Nick endlich seinen Partner auf der Liege sah, konnte er sich nicht mehr zurückhalten. Er rannte zu der Trage und fragte die Sanitäter: „Wie geht es ihm?“

„Alles gut“, nickte der Notarzt, „Er hat keine äußeren Verletzungen. Aber wir untersuchen ihn noch im Wagen. Er muss auf alle Fälle ins Krankenhaus.“

Nick schaute auf seinen Partner und sah, das Ethan die Augen geöffnet hatte. Nick war erleichtert und versuchte sofort Ethan anzusprechen. Doch der reagierte nicht.

„Warten sie noch etwas. Er ist gerade erst wach geworden. Wir müssen ihn erst einmal stabilisieren." Nick ließ die Männer weiter arbeiten und schaute zu, wie die Trage mit dem Verletzten in den Rettungswagen geschoben wurde.

Nick schaute sich noch einmal den Unfallwagen an. Er hatte jetzt die Größe einer Konservendose, so dachte der Beamte.

Er sah sich den Innenraum genauer mit einer Taschenlampe an. Die Feuerwehrleute hoben gerade die demolierte Motorhaube an und sicherten die Brandgefahr. Sie bauten die Batterie des Wagens aus, um so einen Kurzschluss auszuschließen.

Die Fahrertür war komplett rausgerissen und lag etwas weiter weg. Den Fahrersitz konnten die Rettungskräfte leicht nach hinten schieben. Nick schaute genauer auf den Beifahrersitz und dessen Fußraum. Auch hinten schaute er in jede Ritze. Im Fußraum fand der Beamte ein Handy. Er probierte, ob es eingeschaltet war. Aber es tat sich nichts.

„Sören", rief er, „Hast du mal Handschuhe und eine Tüte?"

Sören stand noch bei Annika, aber machte sich sogleich auf den Weg zum Revierleiter.

„Ist das Ethans Handy?", fragte er neugierig.

„Nein. Dieses hier ist ein älteres Model. Können wir vielleicht gebrauchen“, erklärte Nick. „Die Spurensicherung bekommt den Wagen. Wir müssen beweisen können, dass zumindest Dragan im Wagen saß“, meinte er noch und leuchtete wieder in den Innenraum, um vielleicht noch etwas zu finden.

„Nick?“, rief einer der Sanitäter, „Ist hier ein Nick?“

„Ja!“, rief der Hauptkommissar, der am Unfallwagen stand. Einer der Sanitäter stieg aus dem Rettungswagen und kam auf Nick zu.

„Sind Sie Nick?“, fragte er noch einmal.

„Ja richtig. Was ist mit ihm?“ Nick wurde sofort wieder nervös.

„Kommen Sie mit. Da möchte Sie jemand sprechen“, sagte der Mann mit einem leichten Lächeln auf den Lippen.

Nick entspannte sich etwas bei dem Ausdruck des Mannes und folgte ihm in den Rettungswagen.

Der Revierleiter schaute in das Gesicht von Ethan, der wach und ansprechbar war. Noch immer war der Hals geschient und ein Tropf versorgte den Verletzten. Im Gesicht hatte Ethan einige Blessuren.

Dass Ethan nach Nick verlangte, gab dem Kommissar etwas Hoffnung, dass der Verletzte sich an ihn erinnerte.

„Hey Partner“, kam es recht leise vom Verletzten.

„Hey. Was machst du denn für Sachen?“, fragte Nick erleichtert.

„Warum hast du mich geschnitten?“ Ethan versuchte zu lachen, doch schmerzte sein Gesicht und das Lachen verging ihm. Kurz schloss er die Augen.

„Ich habe dich nicht geschnitten. Warum hast du nicht einfach angehalten?“ Nick grinste.

„Witzbold“, flüsterte Ethan nur, „Ich weiß jetzt... Sie ist gezwungen worden zu springen... Lukas“, stöhnte er.

„Es strengt ihn sehr an“, unterbrach der Notarzt, „Wir müssen los ins Krankenhaus.“

„Ich will nicht ins Krankenhaus. Ich muss...“ Ethan wollte aufstehen, doch hielten ihn die Sanitäter fest.

„Nein“, erklärte Nick, „Du musst untersucht werden. Ich komme nach und hole dich dann später ab.“

Die restlichen Arbeiten übernahmen die uniformierten Beamten. Der Unfallwagen wurde zur Spurensicherung gebracht.

Der Rettungswagen fuhr ab und auch Nick machte sich mit Sören auf den Weg zum Revier.

Hier war nur sparsames Licht eingeschaltet. Heinrich hatte Feierabend und nur die Notbesetzung war anwesend. Da zwei Wagen zum Unfall draußen waren, hatte es eher etwas von einem Geisterrevier. Nick und

Sören grüßten nur kurz die restlichen Uniformierten und gingen in Nicks Büro.

„Wir müssen einen Bericht schreiben!“, sagte Sören und der Revierleiter nickte.

„Ja. Und ich muss Hansen erklären, was hier los war.“ Er zog die Augenbrauen hoch, da er eigentlich dachte, dass er diesen Fall nicht an die große Glocke hängen wollte.

Die Beamten machten sich an die Arbeit. Sören holte erst einmal frischen Kaffee, den sie wirklich brauchten. Keiner der beiden hatte ein Auge zu gemacht, denn sie wollten und mussten die Kerle finden.

Gegen 7 Uhr morgens kam Heinrich herein und fragte nach. Nick wollte gerade alles erzählen, als sein Telefon klingelte. Ihm wurde flau im Magen, als er sah, wer ihn anrief. Er stand auf und schickte Sören und Heinrich mit einer Handbewegung hinaus. Nick nahm das Telefonat an.

„Guten Morgen Herr Hansen. Schön mal wieder etwas von Ihnen zu hören“, sagte Nick freudig, auch wenn er genau wusste, dass er nun eine Abfuhr bekommen würde.

„Moin Herr Harvey. Ich habe heute morgen beängstigendes aus Mölln gehört“, kam ernst vom Chef der Kriminalpolizei Ratzeburg.

„Sie werden es kaum glauben, aber wir haben hier alles fest im Griff“, erklärte Nick und setzte sich an seinen Schreibtisch.

„Das hoffe ich für Sie. Ich bitte um eine umfangreiche Erklärung“, bat Herr Hansen und Nick begann ganz von vorne an zu erzählen.

Kapitel 21

Der Hauptkommissar Niklas Harvey legte den Hörer auf. Er atmete tief durch und trank einen Schluck aus dem Becher. Der Kaffee war kalt, aber es machte ihm nichts aus. Gerade hatte er mit seinem Chef in Ratzeburg telefoniert und musste Rede und Antwort stehen. Zufrieden war Herr Hansen wie schon erwartet nicht. Er erwartete Ergebnisse und das konnte Nick noch immer nicht vorzeigen.

Der Hauptkommissar nahm seinen Becher und holte sich frischen Kaffee. Er kam mit Sören zusammen zurück in sein Büro und sie machten weiter. Sören arbeitete parallel an der Fahndung von Dragan Iwanow und Lukas Heller.

Es war fast 11 Uhr als das Handy von Nick klingelte. Er blickte auf des Display und nahm den Anruf mit einem Lächeln entgegen. Nick stellte gleich auf Lautsprecher, damit auch Sören zuhören konnte.

„Hey Partner. Wie geht es dir?“, fragte Nick freudig.

„Wo bleibst du?“, kam von Ethan, der sich sehr stabil und gut gelaunt anhörte.

Nick schaute Sören an und war verdutzt. „Wie jetzt?“

„Ich bin hier fertig und warte auf dich. Oder wollen wir Dragan und Gefolge nicht festnehmen?“

„Doch, doch“, antwortete Nick, „Aber einer muss ja auch die Berichte schreiben und einer von uns liegt ja einfach nur so rum.“ Sören grinste, als er hörte wie die beiden Hauptkommissare wieder Witze machten.

Nick und Sören fuhren nach Ratzeburg und holten Ethan aus dem Krankenhaus ab. Er wurde auf eigenem Wunsch entlassen. Knochenbrüche konnten sie nicht feststellen. Ethan trug noch eine Halskrause wegen der Gehirnerschütterung. Eine dicke Beule zierte seine Stirn erneut. Die Platzwunde aus dem Knast war wieder aufgeplatzt und wurde im Krankenhaus erneut versorgt.

„Du siehst aber scheiße aus“, sagte Nick beim ersten Blick auf seinen Kollegen.

„Danke“, stöhnte Ethan, „So geht es mir auch.“

„Bist du sicher, dass du fit genug bist?“, fragte Sören von der Rückbank.

„Fit für was?“, fragte Ethan und nahm sich diesen störenden Halskragen ab. Er reichte ihn nach hinten zu Sören.

„Bist du wieder voll da?“, fragte Nick neugierig.

„Wie meinst du das? Mein Kopf ist fit und ich erinnere mich an alles. Sorry für den Kinnhaken.“

„Ach, der kleine Klaps. Tat ja gar nicht weh“, grinste Nick. Er fuhr nach Mölln.

„Fahren wir zum Revier?“, fragte Ethan nach einer Weile.

„Sicher. Warum?“, fragte der Fahrer.

„Weil ich scheiße aussehe. Warum habe ich bloß diese Jeans an? Die steht mir gar nicht. Ich habe im Revier Ersatzklamotten.“

Auf dem Revier kamen die drei gut gelaunt an und Ethan ging erst einmal in die Umkleide. Da es dort auch Duschen für die Mitarbeiter gab, nahm er die Gelegenheit wahr und kam frisch und munter im Büro von Nick an. Dort saßen der Revierleiter und Sören zusammen und tranken Kaffee. Die schlaflose Nacht machte den beiden zu schaffen.

Ethan wischte sich noch einmal mit der Hand durch seine braunen längeren Haare.

„So, wo finden wir Dragan und Gefolge?“, fragte Nick den frisch geduschten Kollegen.

„Warum fragst du mich?“, wollte Ethan wissen. Er schnappte sich den Becher von Nick und trank den Kaffee in einem Schluck aus.

„Weil du mit Dragan losgezogen bist und sicher etwas weißt“, antwortete Nick.

„Okay“, begann Ethan, „Dragan hatte ein Handy im Knast und hat so mit dem Opfer Miriam Kähler telefoniert. Er hat sie terrorisiert mit Anrufen und Drohungen. Gleichzeitig hatte Lukas Heller sie mit einem Laserpointer anvisiert und ihr so den Anschein gegeben, dass man mit einer Waffe auf sie schießen wollte. So auch in der Nacht, als sie von der Brücke gesprungen war."

„Das Telefon hat 'ne Prepaid Karte und ist auf Lukas Heller angemeldet. Mir versicherte er, dass es ihm gestohlen wurde. Ich glaube, dass ich es im Unfallwagen gefunden habe. Es liegt bei der Spusi", erklärte Nick.

„Wie kam es dann in den Knast?", fragte Sören.

„Sicher der Anwalt", nickte Ethan, „Die dürfen nicht durchsucht werden, wenn sie ihren Mandanten besuchen. So kommen meist auch die Drogen, Briefe und alles andere zu den Gefangenen."

„Gut", nickte der ältere Beamte, „Und wo finden wir die Bösen jetzt?" Dabei schaute er Ethan erwartungsvoll an.

„Keine Ahnung. Wir haben uns in der Kneipe getroffen. Vielleicht sollte ich es da probieren?"

„Ich weiß nicht Ethan. Vielleicht haben sie den Unfall gesehen. Dann wüssten sie, das du im Krankenhaus liegst und vor allem geschnappt wurdest. Dann wärest du sicher nicht wieder auf freiem Fuß."

„Das ist wahr", nickte Ethan.

„Weißt du etwas über die anderen zwei, die bei dir im Wagen saßen?", wollte Sören wissen.

„Nicht wirklich. Diek und Achmet nannte Dragan sie. Wir haben sie unterwegs aufgegabelt. Lukas hatte sie angerufen."

„Wo?", fragte nun auch Nick nach.

„Beim Dönerladen", erklärte Ethan nur kurz.

„Welcher? Wir haben gefühlt hunderte in Mölln", grinste Sören.

„Im...", er überlegte einen Moment, „Im Wasserkrüger Weg glaube ich."

„Alleine da gibt es drei Läden."

„Lasst uns doch hinfahren und schauen, ob wir jemanden finden", nickte Ethan und auch Nick fand die Idee gut. Immerhin war es bereits Mittag und alle drei hatten Hunger.

Kapitel 22

Die Kommissare waren in der Straße, in der der Dönerladen sein sollte, bei dem Ethan zusammen mit Dragan und Lukas die anderen zwei Komplizen eingesammelt hatten. In der gläsernen Eingangstür hing ein leuchtendes Schild mit „Open“ drauf.

Da Dragan und auch Lukas die Hauptkommissare bereits kannten, schickten sie Sören hinein.

Sören rief Nick auf seinem Handy im Videocall an und so steckte er es mit der Kameralinse in seine Brusttasche. Nick und auch Ethan konnten so im Wagen zusehen. Allerdings durften sie keine Geräusche machen, um Sören nicht zu gefährden.

Der Kommissaranwärter ging in den Laden. Der junge Kommissaranwärter bestellte bei einem Mitarbeiter drei Döner zum mitnehmen, mit allem drum und dran.

Die Hauptkommissare im Dienstwagen sahen gespannt auf die Aufnahmen des Handys.

Sören filmte heimlich die verschiedenen Leute im Gastraum und auch die Mitarbeiter des Restaurants.

„Dürfte ich einmal zur Toilette?“, fragte Sören um auch die Gäste im seitlichen Teil des Ladens zu filmen. Sicher war dies eine illegale Maßnahme, aber da sie nicht aufgenommen wurde, konnte ihnen später keiner mehr was.

Ethan schaute sich die verschiedenen Personen an. Aber keiner sagte ihm etwas. Er schüttelte mit dem Kopf. Auch hinten bei den Spielautomaten erkannte er niemanden. Sören verschwand auf der Toilette, die richtig dunkel und eng war.

„Habt ihr schon jemanden erkannt?“, fragte Sören, als er in der Toilette verschwunden war.

„Nee“, antwortete Ethan nur, „Vielleicht hinten in der Küche?“

Sören war angespannt und er musste auch wieder raus.

„Frag mal, ob er der Besitzer ist“, hatte Nick eine Idee, „Wenn nicht, frag mal nach ihm. Lob ihn oder was auch immer.“

Vorsichtig richtete Sören sein Handy in der Hemdtasche. Er fragte vorne den Mitarbeiter nach dem Chef und ob er ihn mal sprechen dürfte. Der Mitarbeiter, der auch einen ausländischen Touch hatte, lächelte und ging kurz durch eine Wendeltür in den hinteren, nicht einsehbaren Bereich.

Nur einen kurzen Moment später kam der Mitarbeiter wieder mit einem weiteren schlanken Mann im Schlepptau. Als dieser hinter dem Mitarbeiter auftauchte, reagierte Ethan sofort.

„Achmet, dieser Gast möchte etwas von dir“, erklärte der Mitarbeiter zu seinem Chef.

Dieser lächelte und fragte Sören ob es ihm gut ginge. Ethan saß im Dienstwagen zusammen mit Nick und freute sich wie Bolle über ihren Erfolg. Die beiden beachteten nicht mehr, was Sören den Chef überhaupt fragte, denn es war ihnen völlig egal.

Sören kam mit einer Tüte aus dem Dönerladen heraus. Dass sein Einsatz neben den leckeren Dönern ein Erfolg war, das wusste der Kommissaranwärter noch nicht. Im Dienstwagen verteilte Sören die Döner und gegen das Verbot von Nick, durften die drei ihr Mittagessen im Wagen zu sich nehmen.

„Das euch das klar ist“, bestimmte Nick zwischendurch, „Der Wagen braucht danach eine Innenreinigung.“

„Sicher“, stotterte Ethan, „Aber lass uns erst die Bösen fangen.“ Er stopfte sich den letzten Bissen in den Mund und grinste Nick an.

„Wie kannst du schon fertig sein? Ich habe gerade mal die Hälfte weg“, fragte Nick demonstrativ.

„Tja, wie man isst, so arbeitet man auch“, lachte Ethan und wischte sich den Mund ab. Das Gesicht vom Hauptkommissar sah Ethan nicht mehr, da er zum Laden schaute und er erkannte, wie Achmet aus dem Laden mit einer gefüllten, weißen Tüte kam. Er trug eine dunkle Jacke und bewegte sich zielsicher zum kleinen Parkplatz hinter dem Laden. Das anfängliche Lachen im Laden war aus Achmets Gesicht verschwunden. Ernst und hoch konzentriert machte er sich auf und fuhr mit einem Kleinwagen los. Die Polizisten nahmen die Verfolgung auf.

Nick hatte den restlichen Döner einfach rüber zu Ethan auf dem Beifahrersitz gegeben. Doch statt diesen in die Alufolie zu verpacken, begann Ethan auch noch diesen zu essen.

„Sag mal, wann hast du eigentlich das letzte Mal was gegessen?“, fragte Nick, als er bei einem Blick zu Ethan sah, was dieser tat.

„Das verrate ich dir lieber nicht“, stammelte Ethan zwischen den Bissen.

„Er biegt ab“, störte Sören die zwei. Er saß auf der Rückbank in der Mitte und beobachtete, wie Achmet seinen dunkelgrünen Golf durch die Straßen von Mölln lenkte.

„Wehe, wenn der nur zum Supermarkt fährt“, brummte Nick und folgte dem Wagen mit etwas Abstand. Er fuhr in die Berliner Straße und an der nächsten Ampel bog er links in den Grambeker Weg.

Die Polizisten wussten nicht, ob sie auf der richtigen Spur waren, doch es war das einzige was sie hatten. Frisch gestärkt und voll konzentriert verfolgten sie Achmet wie er zu Nicks Glück an allen Discountern und dem Supermarkt vorbei fuhr. Wie immer war auf diesem Stück viel Verkehr, doch Nick musste eh Abstand halten, da sie sich nicht sicher waren, ob

Achmet den zivilen Dienstwagen des Hauptkommissars von der letzten Nacht erkannte. Nach dem Supermarkt wurde der Verkehr dünner und Nick sah den Kleinwagen direkt vor sich. Doch er hielt gute 50 Meter Abstand.

Achmet fuhr in einem flotten Tempo. Gute 60 hatte er drauf. Das gab den Kommissaren eine Vermutung, dass sie ihrem Ziel näher kamen.

Nach einem Autohändler bog Achmet erneut ab und gab plötzlich Gas. Hatte er sie etwa erkannt?

„Halt hier an", befahl Ethan und schaute gespannt, wo der Wagen hin fuhr. Nick hatte den Blinker gesetzt und hielt an. Erst als der Golf um die Kurve verschwunden war, gab Nick wieder Gas.

„Na hoffentlich entdecken wir ihn noch", sagte Nick und lenkte den SUV um die Kurve. Sie erkannten Achmets Wagen noch, wie er am Ende der Straße rechts abbog.

In einigem Abstand hielt der Hauptkommissar den Wagen am Straßenrand an.

„Gut", sagte Nick, „Wir gehen den Rest zu Fuß."

„Wollen wir Verstärkung rufen?", fragte Sören.

Achmet fuhr in das Gewerbegebiet. Er las während der Fahrt eine Nachricht, die er gerade bekommen hatte. „Wo bleibst du?“, stand nur da und er drückte das Pedal durch. Er musste sich beeilen.

Direkt vor dem Möllner Tierheim fuhr er auf das Gelände einer ehemaligen Firma. Die große Werkshalle stand leer und nur noch wenige Wohnmobile standen vor der Halle. Drinnen standen kaum noch Fahrzeuge. Im hinteren Teil gab es ein kleines Büro, in dem er dringendst erwartet wurde.

Eilig stieg er aus und lief mit der Tüte in der Hand durch die geöffnete Tür. Mit schnellen Schritten ging er in die hinterste Ecke. Vorbei an einigen Booten, Jachten und Wohnmobile, die hier untergestellt waren.

„Na endlich“, motzte Dragan herum. Er nahm die Tüte in Empfang und nahm sich einen in Alu verpackten Döner heraus. Er warf die Tüte im Anschluss zu Lukas rüber, der etwa 2 Meter entfernt an einem Schreibtisch saß.

„Ist das Fleisch auch frisch?“, fragte Lukas, bevor er in den Döner biss, „Letztes Mal habe ich mir den Magen verdorben.“

„Ja sicher“, nickte Achmet lachend.

„Wir müssen unbedingt den nächsten Bruch machen“, erklärte Dragan.

„Schon", warf Lukas ein, „Aber der Bruch von gestern hat ja gar nichts gebracht. Wir müssen größer planen."

Ein Geräusch ließ die Leute aufhorchen. „Was war das?", fragte Dragan.

„Achmet, hast du die Tür nicht zugemacht?", kam es angespannt von Lukas.

„Oh nein. Sorry, hatte ich vergessen."

Gerade wollte Achmet loslaufen und seinen Fehler beheben, da wurde er von Dragan aufgehalten.

„Komm lass mal. Jetzt ist sie ja zu." Dragan und auch Lukas grinsten sich an.

Die Kommissare zuckten zusammen, als sie in die Halle geschlichen waren und die Tür hinter ihnen zu knallte. Sören machte draußen noch einmal den Vorschlag, Verstärkung zu rufen, aber die Hauptkommissare schauten sich nur an und meinten dann zu Sören, dass es höchstens vier Leute sein könnten. Das würde heißen, dass jeder einen nimmt und zur Not einer flüchten würde. Aber wichtig war ihnen, dass Dragan und auch Lukas festgehalten wurden.

Die vielen Fahrzeuge gaben den Beamten eine gute Deckung um sich heranzuschleichen. Sie nahmen die Stimmen wahr und schlichen sich verteilt an. Sie sahen sich noch und gaben verschiedene Handzeichen.

Für den Kommissaranwärter war dies der erste richtige und ernste Einsatz und sein Puls stieg. Sicher hatte er schon einige kleinere Einsätze gehabt, doch noch nie in diesem Ausmaß. Ihn freute es, dass die zwei Hauptkommissare ihm vertrauten.

Mit gezogenen Waffen schlichen die drei auf das kleine Büro zu, aus dem sie die verschiedenen Stimmen hörten. Ethan war am dichtesten dran, erkannte die drei Männer. Er gab Nick ein Handzeichen mit drei Fingern. Nick verstand und nickte. Danach sah er nach rechts zu Sören. Zu ihm machte er die gleiche Handbewegung, dass es sich um drei Leute in dem Büro handelte.

Die drei im Büro lachten auf. „Was ist eigentlich mit Ethan?“, fragte Lukas.

„Ach egal. Ich fand schon im Knast, dass er ein Schlappschwanz war“, lachte Dragan, „Sollen sich die Bullen mit ihm rumschlagen,“

„Ich fand, dass er gut fahren konnte“, stimmte Achmet mit ein.

„Spinnst du?“, ärgerte sich Lukas, „Der hat mein Auto zu Schrott gefahren.“

„Stimmt“, nickte Dragan ihm zu, „Das Ding soll wirklich nur noch...“

Weiter kam er nicht, denn sie hatten nicht mehr auf die Tür des Büros geachtet und so standen plötzlich drei Polizisten mit gezogenen Waffen in der Tür.

„Keine Bewegung“, sagte Ethan, der langsam hereinkam und so Platz für die anderen Beamten hinter ihm machte. Ethan ging mit der gezogenen Waffe auf Dragan zu. Dieser war geschockt und ließ den Döner fallen.

„Von wegen Schlappschwanz“, sagte der Hauptkommissar ernst, „Aber selbst keinen Döner halten können.“

Nick richtete seine ganze Aufmerksamkeit auf Lukas. Dieser hob gleich beide Hände und kaute noch den Rest seines Essens. Der Mund und auch die Hände waren mit Soße beschmiert.

„Na lecker“, nickte der Hauptkommissar und kam näher, „Umdrehen und die Hände höher.“ Lukas tat was der Polizist sagte, doch sah er beim umdrehen die leere Tüte auf der Ablage. Mit einer schnellen Bewegung griff er sie und versuchte sie in die Richtung des Bullen zu werfen. Doch die leere Tüte füllte sich mit Luft und blieb Sekunden in der Luft. Nick stürmte auf den tätowierten Mann zu und stieß ihn mit einer Hand in den Rücken. „Keine Spielereien“, warnte Nick ihn, „Hände auf den Rücken!“

Sören hatte Achmet im Visier. Der Ladenbesitzer war überfordert und nahm sofort die Hände unschuldig nach oben. Auch Sören forderte wie gelernt, dass sich der Verdächtige umdrehen und die Hände hoch nehmen sollte. Auch dieses Unterfangen klappte sehr gut.

Nur bei Ethan klappte es nicht so reibungslos. Dragan blieb sitzen und lachte auf, als er Ethan und auch Nick erkannte.

„Ach ja“, lachte Dragan auf, „Der gute Ethan ist ein Spitzel. Hätte ich mir doch denken können, als auch du so schnell aus dem Knast raus warst.“

„Hände hoch“, befahl Ethan erneut und hielt Dragan genau im Blick. Dieser machte keinerlei Anstalten sich zu ergeben.

„Warum willst du mich verhaften? Wegen dem einen Bruch gestern?“, fragte Dragan nur.

„Nein“, antwortete der junge Hauptkommissar, „Ich verhafte dich wegen Beihilfe zum Mord. Vielleicht sogar wegen Mordes.“

Ethan kam dichter und fasste Dragan grob am Handgelenk. Seine Waffe hatte er zuvor ins Holster gesteckt. Mit festem Griff packte er Dragan und drehte sein Handgelenk herum. Dragan versuchte aufzustehen und sich zu wehren, doch Ethan hatte genug Erfahrung mit Verhaftungen. Die drei Männer wurden in Handschellen herausgeführt und durchsucht. Waffen hatten sie nicht dabei und Dragan motzte noch ordentlich herum. Die Kommissare ignorierten diese

Behauptungen, die Dragan erwähnte. Er war der Meinung, das sie keinerlei Beweise dafür hatten.

Die Spurensicherung bestätigte, dass das gefundene Handy das gestohlene von Lukas Heller war und es durch den Rechtsanwalt herein geschmuggelt wurde. Somit gab es eine eindeutige Verbindung zu dem Suizid der jungen Frau Miriam Kähler.

Ethan Cooper und auch Niklas Harvey überbrachten die gute Nachricht persönlich an Leonard Steiner und die Familie der Verstorbenen. Sie konnten ihre Tochter zwar nicht wieder bringen, doch gab es eine kleine Befriedigung, dass ihr Kind nicht freiwillig in den Tod gesprungen war.

Kapitel 23

Julia kam pünktlich zur Mittelschicht um zehn Uhr in die Bäckerei, doch sie wunderte sich, als ein Polizeiwagen vor der Tür stand und auch drinnen einiges ungewöhnliches vor sich ging. Sie öffnete die Eingangstür und sah das wilde Treiben, doch als sie ihn erblickte, stockte ihr der Atem. Wie üblich trug er Schwarz. Seitlich stand er da und hatte einen Notizblock in der Hand. Er unterhielt sich mit einem ihr unbekannten Mann. Julias Kollegin kam seitlich auf sie zu und berichtete aufgeregt. „Du kannst gleich wieder nach Hause gehen, Julia."

Sie verstand nicht sofort, da ihre Gedanken noch auf den süßen Typen gerichtet waren. Erst als ihre Kollegin weiter auf sie einredete, hörte Julia ihr zu. „Die Bäckerei wurde heute morgen überfallen", erklärte die junge Auszubildende weiter.

Julia stockte erneut. „Wie? Ich meine wann?"

„Heute morgen. Sagte ich doch. Kathi hatte ja Frühschicht. Sie ist ganz schön fertig."

„Verrückt", brachte Julia nur heraus und starrte wieder auf den Mann in schwarz. Plötzlich zuckte sie zusammen, als er sich zu ihr drehte.

Ethan hatte mit einem der Zeugen gesprochen. Er gab an, dass es zwei junge Männer waren. Das Alter konnte er leider nicht schätzen. Sie hatten Skimasken auf und der Zeuge war zu weit weg, um genaueres zu sagen. Jeans und dunkle Pullis konnte er noch von der anderen Straßenseite erkennen, als sie die Bäckerei fluchtartig verließen. Beide schauten sich um und verschwanden dann mit einer Tasche rechts neben dem Gebäude in Richtung der Bahnschienen. Mehr wusste der Mann nicht. Ethan nickte ihm zu und bedankte sich bei dem Zeugen. Er hatte alle Daten des Mannes und bat ihn, später noch auf dem Revier zu erscheinen, um die Aussage zu Protokoll aufzunehmen.

Der Hauptkommissar drehte sich zum Ausgang und sah auf die nette Verkäuferin, mit der er morgens gerne etwas flirtete. Auch ihm wurde flau im Magen, als sie sich ansahen. Ethan machte ein paar Schritte auf sie zu und auch die Verkäuferin kam einen Schritt auf ihn zu. Keiner mochte etwas sagen und doch hatten beide das Verlangen nach einem Gespräch.

Nick kam aus dem hinteren Raum der Bäckerei. Dort saß die Verkäuferin, die überfallen wurde. Ein Sanitäter kümmerte sich um das Opfer und prüfte ihren Blutdruck. Der Hauptkommissar hatte sie befragt, doch konnte sie nicht viel mehr aussagen, als der Zeuge, den Ethan befragt hatte. Sie sagte noch aus, dass sich ihre Stimmen sehr jung angehört haben.

Nick suchte unter den ganzen Leuten seinen Partner. Er entdeckte ihn an der Eingangstür, wo er vor einer hübschen Frau stand. Nick lächelte, als er das sah, denn er wusste sofort, das es zwischen beiden knisterte.

Ende

So, lange hat es gedauert, bis mein neuer Möllner Kriminalroman heraus kam. Aber durch viele private Ereignisse dauerte es einfach ewig. Aber nun ist er da und ich würde mich über eine Rezension freuen.

Vielleicht schreibe ich weiter und lasse meine Kommissare in ein weiteres Abenteuer tauchen. Ideen habe ich genug.

Danke für die Treue

Kommentar vom Testleser nach den ersten Kapiteln:

Der Beginn des Romans ist sehr vielversprechend. Schon nach wenigen Zeilen verlangte es mir nach MEHR. Sehr schön geschrieben. Bereits mit wenigen Worten die Spannung aufgebaut. Mit dem geheimnisvollen Kunden...

Der Übergang zu dem vermeintlichen Selbstmörder ist sehr gelungen. Auch die Gefühlslage des Mannes

kommt sehr echt und gut rüber. Es bleibt aber noch ein Rätsel, was eigentlich passiert ist und wieso, weshalb, warum...

Die nächste Spannung aufgebaut!!! Gefällt mir bis hierher sehr gut...

Die Zusammenfassung verspricht einiges an Spannung und Verwirrung, klingt abenteuerlich, aber nicht unrealistisch. Im Gegenteil, die Neugier steigt, weiter so...ich freue mich jedenfalls auf MEHR!!! Top...!!!

DANKESCHÖN

Printed in Poland
by Amazon Fulfillment
Poland Sp. z o.o., Wrocław

39533845R00109